DES MÊMES AUTEURS

Ouvrages d'Hervé Temime

LA DÉFENSE DANS LA PEAU, Stock, 2012.

Ouvrages de Marie-Laure Delorme

LES ALLÉES DU POUVOIR, Seuil, 2011.

DE BONS ÉLÈVES, Stock, 2015.

PARCE QUE C'ÉTAIT LUI, PARCE QUE C'ÉTAIT MOI, Grasset, 2019.

SECRET DÉFENSE

HERVÉ TEMIME

AVEC LA COLLABORATION DE

MARIE-LAURE DELORME

SECRET DÉFENSE

nrf

GALLIMARD

La vérité d'un homme, c'est d'abord ce qu'il cache.

ANDRÉ MALRAUX

PRÉFACE

On sait rarement comment naît l'idée d'un livre. Lors d'un déjeuner avec un ami, nous en étions venus à parler de l'importance du secret. Dans la journée, à la suite de cette discussion, il m'a fait parvenir un court texte de Prosper Mérimée. Il me livrait, à propos de cette nouvelle sur le silence et le secret, une rare confidence : son père lui lisait à voix haute ce texte quand il était petit et il l'a lu, à son tour, à ses propres enfants. Son père s'est engagé en 1943, à l'âge de seize ans, dans la Résistance comme agent de liaison puis dans le maquis d'Yssingeaux. Il a reçu la médaille de la Résistance et la Croix de guerre. Son fils ne m'en a jamais parlé : j'ai découvert ces faits héroïques en parcourant une notice biographique sur Wikipédia. Du fils, je peux dire ma certitude qu'il mourra sans avoir jamais trahi un secret. Je ne connaissais pas « Mateo Falcone ». La nouvelle de Prosper Mérimée est économe, cruelle, choquante. Sa beauté est sauvage. J'ai relu la dizaine de pages, depuis, à plusieurs reprises. Au début, je me suis dit que c'était un texte sur la trahison, l'hospitalité, l'honneur, l'avidité, la Corse. J'ai mis du temps à comprendre qu'il s'agissait bien d'un texte sur le secret. On garde ou on brise le silence. Les raisons pour lesquelles on choisit de révéler un secret sont le plus souvent secondaires. Elles sont nos maigres alibis. Tout n'est pas secret. On décide de ce que l'on veut taire ou non. Je l'ai constaté mille fois avec étonnement : on peut vouloir conserver pour soi des choses jugées dérisoires comme on peut révéler des choses jugées primordiales. C'est parce que le secret est rare et intime qu'il est aussi précieux. Mais dans la nouvelle de Prosper Mérimée, il s'agit d'autre chose : garder un secret est une question de morale personnelle.

L'histoire se situe en Corse. D'emblée, le narrateur conseille d'aller se faire oublier dans le maquis de Porto-Vecchio si l'on a tué un homme. On y sera en sûreté. Mateo Falcone habite à la lisière d'un maquis à Porto-Vecchio. Il est un merveilleux ami, un dangereux ennemi. Son coup de fusil est réputé. Il a trois filles dont il n'attend rien et un fils dont il attend tout. Le petit Falcone est l'espoir de la famille. Un jour, les parents, Mateo et Giuseppa Falcone, décident d'aller visiter un de leurs troupeaux dans une clairière du maquis. Fortunato Falcone, dix ans, reste seul à la maison. Les parents lui font confiance. Les montagnes bleues se dessinent à l'horizon. Le garçon voit arriver un homme en fuite, Gianetto, qui lui demande de le cacher dans sa maison. Le bandit est blessé et poursuivi par des soldats. Le jeune fils hésite et accepte finalement, pour cinq francs, de dissimuler le brigand dans une meule de foin. Six hommes armés surgissent. Les soldats somment l'unique fils de Mateo Falcone de leur révéler où se trouve le bandit recherché. Fortunato refuse puis cède. Il tient tête puis courbe l'échine. Le garçon accepte de dévoiler la cachette du bandit en échange de la belle montre de l'adjudant. Elle brille de mille feux. Le brigand Gianetto est immédiatement arrêté.

Les parents, Mateo Falcone et sa femme Giuseppa, reviennent alors de leur visite. Le prisonnier Gianetto accuse Mateo Falcone et sa famille de trahison et de dénonciation. Les mots sont des lames. Les six soldats repartent avec le bandit blessé vers la plaine. Le père garde le silence que le fils n'a pas su garder. Le riche campagnard corse ne dit mot durant dix longues minutes. L'enfant pleure, la mère supplie. Le père entraîne son fils dans le sentier. Il l'abat d'un coup de carabine. Mateo Falcone se trouvera un autre héritier : un fils qui connaît le prix d'un secret.

J'avais rencontré Hervé Temime auparavant dans le cadre d'une série écrite sur l'amitié et pour un « À voix nue » sur France Culture. Il paraissait évident de lui proposer un livre sur le secret. Il est un grand avocat pénaliste et la preuve même que l'on peut être sociable et silencieux. L'attachement au non-dit est au cœur de son métier, de sa vie, de son caractère. Il suffit de reprendre le fil de ses propos, comme on remonte un fleuve, pour s'en rendre compte. Dans les nombreux portraits que la presse lui consacre, quelque chose résiste à la confidence et à la transparence. Je ne sais pas exactement quoi. Je me suis posé la question, je n'ai pas trouvé la réponse. Patrick Modiano, reprenant une expression de René Guénon, soulignait que la tendance actuelle était à « la haine du secret ». Il n'y a pas de littérature sans mystère ; il n'y a pas de défense sans confiance. Le secret passe pour suspect. Les êtres secrets n'ont pourtant rien à dissimuler mais tout à préserver. Ce livre est un hommage au secret.

MARIE-LAURE DELORME

À Sophie

Introduction

HISTOIRE D'UN SECRET

Le secret est entré très tôt dans ma vie. Dès mes premiers pas dans le métier d'avocat, je me suis retrouvé confronté à toute sa complexité en défendant un jeune homme qui s'accusait à tort d'un parricide. J'étais arrivé dans cette affaire par erreur mais elle m'a marqué de manière indélébile. Je crois au hasard des rencontres et au destin des vies.

J'ai commencé au barreau de Versailles, à l'âge de vingt et un ans, avec nombre d'affaires de commissions d'office. Jacques avait prêté serment, quelques années auparavant. Il a joué un rôle très important dans ma vie. Mon frère et moi avons grandi, à Versailles, avec nos cousins. Après la mort de mon père, alors que j'avais dix ans, mon cousin Jacques, qui avait six ans de plus que moi, m'a pris sous son aile. Jacques est mort à l'âge de trente-sept ans sur un court de tennis. Sa mère, qui était la joie de vivre même, n'est pas sortie de chez elle durant dix-huit mois. J'ai eu tôt conscience que la mort pouvait vous faucher à tout moment. Un ami avocat, Louis Rheims, est mort, lui, d'un cancer à l'âge de trente-trois ans. On se croisait régulièrement au palais de justice. Nous avions les mêmes cravates, comme deux dandys ridicules, et nous en avions parlé en plaisantant. La première fois que nous avions déjeuné ensemble, les serveurs avaient dû nous mettre dehors, nous étions toujours à table à cinq heures de l'après-midi. D'emblée, la confiance avait été mutuelle et nous nous sommes raconté nos vies. Notre amitié passait par notre identité, comme dans un jeu de miroirs. Louis Rheims, qui avait eu un cancer quelques années auparavant et s'en était sorti temporairement, était, pour moi, le héros qui avait triomphé de la maladie dont mon père était mort. Il m'a dit, plus tard, que je lui rappelais inversement son propre père. Maurice Rheims, né dans une famille juive lorraine de minotiers et d'officiers, était devenu commissaire-priseur. Historien de l'art et écrivain, il avait été élu à l'Académie française en 1976. Un homme connu pour sa franchise et son humour, qui aimait les coups d'éclat. Louis a rechuté et il est mort en 1988. Mon père, Jacques et Louis. Ces disparitions prématurées dans mon entourage proche m'ont longtemps persuadé qu'un homme devait avoir accompli l'essentiel de sa vie à trente ans. J'en ai tiré un goût pour la rapidité et une certaine légèreté de vivre. Les véritables angoisses sont venues plus tard.

En 1979, mon cousin Jacques m'appelle un jour pour savoir si j'accepterais d'être codésigné pour sa première commission d'office criminelle. Je suis galvanisé : je me retrouve avec ma toute première affaire criminelle. J'accompagne mon cousin à la maison d'arrêt des femmes de Versailles pour rencontrer une cliente accusée de complicité dans le meurtre de son mari. L'entretien est un échec. Nous n'arrivons pas à nous parler. La femme a été arrêtée peu de temps auparavant et elle reste dans un grand état de confusion mentale, ses mots n'ont aucun sens. Je me revois avec Jacques sur le parking de la prison. Nous nous disions qu'elle n'avait pas sa place en prison, qu'elle devait être soignée d'urgence, que l'expertise psychiatrique conclurait sans doute à son irresponsabilité. Et qu'elle ne serait donc probablement jamais jugée.

Quelques jours après, un recommandé arrive à mon cabinet : un petit papier jaune translucide. Il s'agit d'une convocation pour une audience devant la chambre d'accusation sur l'appel d'une ordonnance de mise en liberté. L'homme concerné m'est inconnu. Il s'appelle Monsieur N. Je me rends au greffe de la cour d'appel pour consulter le dossier. Il s'agit du dossier de la femme à qui mon cousin et moi avions rendu visite à la prison pour femmes de Versailles. L'homme est son fils. Il ne porte pas le nom de sa mère, mais celui de son père. J'ai été convoqué par erreur. Mon nom s'est retrouvé inscrit, sans le vouloir, en face du nom du garçon sur le dossier du juge. Mon cousin avait ajouté mes coordonnées en dessous des siennes, afin que j'obtienne un permis de visite pour la mère. Sa grosse écriture ronde avait débordé. Je découvre le dossier et il est passionnant. Je rends visite au jeune homme à la prison de Fleury-Mérogis. Nous avons pratiquement le même âge. Il me dit aussitôt qu'il ne veut pas d'avocat car il veut être condamné pour avoir tué son père de trente-six coups de couteau. Sa priorité est que sa mère sorte de prison. Elle-même, d'ailleurs, l'accuse. L'avocat est facultatif lors de l'instruction, mais il est obligatoire à la cour d'assises. Je le rassure en lui disant qu'il lui sera difficile de trouver un avocat plus inexpérimenté et donc plus inefficace que moi.

Je mourrai avec la certitude que Monsieur N était innocent. Le juge d'instruction avait lui-même de sérieux doutes, renforcés lors de la scène de reconstitution du crime. Il avait pris à part l'inculpé, Monsieur N, lors du transport sur les lieux. L'échange est retranscrit dans le dossier. Le jeune juge avait fait part de ses doutes quant à sa culpabilité, mais Monsieur N avait réitéré sa version des faits. Le juge avait ordonné sa remise en liberté d'office, contre les réquisitions du procureur qui avait fait appel de la décision. À l'époque, dans une telle situation, l'inculpé restait détenu jusqu'à la décision de la cour. La cour d'appel a infirmé sa mise en liberté. Monsieur N sera donc maintenu en détention jusqu'à son procès. Pendant ce temps, le juge avait poursuivi l'instruction et, à la fin, son point de vue aura évolué. Il considérera que Monsieur N devait être jugé devant la cour d'assises, devant laquelle il le renverra. Je retrouverais ce jeune juge à Nanterre, deux ans après, dans une affaire de double meurtre où il ferait preuve de la même honnêteté. Je suis persuadé que l'histoire de Monsieur N, l'homme qui voulait être condamné à tout prix, nous a tous marqués.

Son histoire. Nous sommes durant la nuit du 13 au 14 juillet 1979. Ils sont une fratrie de treize frères et sœurs élevée à Mantes-la-Jolie, dans les Yvelines, avec un père violent. Mon client, Monsieur N, a vingt-deux ans. Il est amoureux d'une majorette. Ils ont rompu dans la nuit. Il est désespéré. En rentrant chez ses parents, après être allé au bal de la cité, il découvre le corps de son père ensanglanté. Son père a été tué de trente-six coups de couteau. La mère est à côté du corps, dans un état second. Le corps gît dans le hall d'entrée. Personne n'avait touché au corps, personne n'avait appelé la police. Monsieur N décide de s'accuser du meurtre de son père, en tant qu'aîné de la fratrie. Il le fait par devoir moral vis-à-vis de sa mère, de ses frères et sœurs et parce qu'il est profondément malheureux à la suite de sa rupture amoureuse. Sans la femme qu'il aime, il ne se voit pas d'avenir. Monsieur N prend la fuite et crée des preuves – grossières – contre lui : il apporte au pressing ses vêtements trempés du sang de son père, il casse ses lunettes pour faire croire à une lutte. La police sera alertée par les voisins, incommodés par l'odeur du corps en décomposition. Dès notre première rencontre, au milieu de toute son histoire, Monsieur N m'avoue qu'il est innocent mais qu'il ne le révélera jamais. Je dois garder pour moi ce qu'il me confesse. J'acquiers la certitude qu'il n'est coupable de rien car son récit ne laisse pas de place au doute. Ses propos sont criants de vérité. Il y a également des éléments qui rendent très incertaine sa culpabilité.

Durant sa période de détention, il change cependant de versions, à plusieurs reprises, selon ses émotions du moment. Quand il est au plus mal, il a une attitude suicidaire, et s'accuse du crime de son père. Quand il va mieux, il reprend goût à la vie, et désire sortir de prison. J'ai étudié le dossier de près et la conviction de son innocence ne me quitte pas. L'assistante sociale qui suit la famille connaît aussi la vérité : le fils est innocent et la mère est coupable. Mais, comme moi, l'assistante sociale est tenue au secret professionnel et elle ne révélera rien de ce qu'elle sait. Dès mes débuts d'avocat, j'ai donc beaucoup réfléchi et travaillé sur cette notion de secret professionnel. J'espérais pouvoir faire parler l'assistante sociale lors de sa déposition. On aurait pu lui opposer deux délits : le premier était la non-dénonciation d'un fait qualifié de crime, mais elle se retranchait derrière le secret professionnel ; le deuxième consistait à s'abstenir de témoigner en faveur d'un innocent, mais elle s'estimait, là aussi, tenue au secret professionnel. L'assistante sociale justifiait ainsi le fait de n'avoir jamais contacté la police. Elle s'est arc-boutée derrière ce secret pour ne pas témoigner en faveur de mon client. À seulement vingt-cinq ans, dès mon premier grand procès, je me retrouvais donc obligé de contourner le secret professionnel pour sauver mon client. À l'époque, aucune autre personne, ni le juge, ni les inspecteurs, ni le président de la cour d'assises, n'a tenté de forcer la barrière du secret professionnel qui a permis à l'assistante sociale qui savait tout de ne rien révéler.

Nous sommes en 1983 et le procès s'ouvre. Le fils et la mère vont être jugés à la cour d'assises. Monsieur N me redit qu'il veut plaider coupable et qu'il souhaite avant tout que sa mère sorte de prison. Je m'en ouvre auprès d'un confrère, Henri Leclerc, qui était déjà une référence morale à l'époque. Quand j'avais un doute, je l'appelais. Il était mon numéro vert. J'ai peur en effet qu'on ne me laisse pas aller au bout du procès en plaidant son innocence. Je demande à Henri Leclerc s'il serait prêt à me remplacer, en étant commis d'office, dans une telle hypothèse. Le procès aurait alors été probablement renvoyé. Henri Leclerc me donne son accord. Je me tourne vers le bâtonnier qui me fait une décharge m'autorisant à plaider ce que j'ai décidé de plaider. Mais cette décharge, à dire vrai, ne vaut rien. Nous arrivons à la cour d'assises. Je vivais avec le dossier jour et nuit, je ne le quittais pas. La situation : mon client s'accuse, sa mère l'accuse. L'avocate de la mère plaide que le fils est coupable et que la mère est complice, mais qu'elle doit sortir de prison car douze enfants l'attendent à la maison. Je plaide de mon côté en essayant de démontrer que mon client doit être acquitté parce que sa mère est seule coupable : il n'est pas complice, il n'a commis aucun délit connexe. Mais je plaide qu'on doit également acquitter la mère parce qu'il y a un vrai doute sur sa responsabilité pénale au moment des faits (article 64 du Code pénal de l'époque sur l'état de démence au moment des faits). Les expertises psychiatriques sur son état étaient contradictoires.

L'avocat général réclame vingt ans de réclusion pour le fils et dix ans pour la mère. Les neuf jurés délibèrent. En définitive, la mère et le fils sont acquittés. Un cadavre, des aveux, pas de condamné. Mon client est soulagé de se retrouver libre avec sa mère. Ce qu'il voulait par-dessus tout était que sa mère sorte de prison. Il a obtenu ce qu'il voulait. J'ai attendu en vain un signe de lui, je n'ai plus jamais eu de nouvelles de Monsieur N. J'ai appris des années plus tard qu'il s'était donné la mort un an après son acquittement. À la suite d'un article paru dans la presse sur l'affaire, en 2010, la famille s'est soudainement manifestée. Trente ans s'étaient écoulés. J'ai reçu un coup de fil d'une de ses sœurs, qui m'a déstabilisé par son animosité, et, peu après, un autre coup de fil d'une autre sœur, qui m'a réconforté par sa reconnaissance. J'ai su qu'un de ses frères avait été incarcéré après avoir assassiné sa compagne. Il se suicidera en prison en 2019. J'ai pris du champ avec le pénal classique pour de multiples raisons, mais j'ai pu constater que sur le plan des relations humaines, on est souvent confronté à l'ingratitude des clients. Je prends mon métier avec cœur et j'ai été régulièrement blessé devant tant d'indifférence. Je me suis orienté vers d'autres types d'affaires : je ne voulais pas passer ma vie à la tuer. Mais, finalement, rien n'y ferait.

Je débutais dans le métier et je ne pense pas avoir

fait beaucoup mieux depuis. De 1979 à aujourd'hui, je n'ai cessé d'être amené à réfléchir sur les différents aspects du secret. Comment sauver un homme de la prison alors que ni moi ni l'assistante sociale ne pouvions trahir le secret professionnel ? Durant mon parcours d'avocat, je n'ai pas connu de conflits de loyauté, mais j'ai éprouvé des cas de conscience. Le secret et la vérité sont au cœur de ma vie. La question que l'on me pose est toujours la même et je la comprends : Comment pouvez-vous faire innocenter un coupable ? Lors de mes premiers pas, dans le métier, j'ai vécu l'inverse : Comment pouvais-je laisser condamner un innocent ? J'ai réussi à faire acquitter un homme qui s'accusait à tort, sans trahir le secret qu'il m'avait confié, sans contraindre une assistante sociale à violer son secret professionnel. Je me lançais dans le métier et je me suis dit que tout était possible.

En janvier 1983, je quitte Versailles. Je m'installe à Paris.

Première partie

HOMME ET AVOCAT

Une trajectoire dans une époque

Le combat de l'abolition de la peine de mort a commencé bien avant 1981. Une histoire concernant deux avocats de renom est restée célèbre. René Floriot croise Philippe Lemaire dans les couloirs du palais de justice alors que Philippe Lemaire vient de publier une retentissante tribune contre la peine de mort dans *Le Figaro.* René Floriot l'alpague : « Mais, mon cher Philippe, qu'est-ce qui vous a pris, vous voulez tuer le métier ! » Maître Floriot, défenseur d'Otto Abetz, du docteur Petiot, de Pauline Dubuisson, était si connu qu'il était à lui seul l'emblème de la profession. Il a marqué une rupture dans la manière d'être avocat. Peu éloquent, mais charismatique, il disait du métier d'avocat : « Ce serait le plus beau métier du monde s'il n'y avait pas les clients. » Il avait la réputation de travailler de manière extrêmement précise les dossiers de ses clients alors que les pénalistes de sa génération avaient parfois tendance à les survoler. René Floriot a incarné une forme de modernité avec une forte personnalité. Je ne m'en sentais pas proche, moi qui avais une passion depuis l'adolescence pour un autre avocat, Émile Pollak, qui représente l'antithèse de cet homme au discours droitier et répressif. Je me souviens d'avoir regardé René Floriot à « Apostrophes » face à Claude Charmes, un modèle de réinsertion sociale. Durant l'émission de Bernard Pivot, la discussion s'est enflammée et René Floriot, à court d'arguments, a fini par asséner à Claude Charmes : « Je n'ai pas l'habitude de parler avec des repris de justice. » Il a néanmoins été l'un des grands avocats de son temps, très respecté par ses pairs qu'il a marqués en nombre.

À l'époque, toute la grandeur du métier d'avocat d'assises reposait sur la peine de mort. Son ombre planait alors sur les grandes affaires criminelles. Ma vocation a toujours été liée à la peine capitale : je voulais sauver les vies des innocents et des coupables. On était forcément attiré par cette fantasmagorie-là, quand on voulait être avocat. L'abolition de la peine de mort a changé l'enjeu de toutes les affaires où les faits n'étaient pas contestés. Quand la peine de mort a été abolie, le 18 septembre 1981, il n'y a pas eu de peine de remplacement. L'échelle des peines était la suivante : réclusion à perpétuité (il n'y avait aucune peine de sûreté) avec libération conditionnelle possible qui, dans la pratique, n'intervenait pas avant dix-huit années de prison. Les circonstances atténuantes ont disparu, sous leur forme ancienne. Le jury devait répondre « oui » ou « non » aux circonstances atténuantes et s'il répondait « oui », on descendait nécessairement au moins d'un échelon dans l'échelle des peines. Le maximum encouru était de vingt ans de réclusion criminelle. Dans les affaires les plus graves, quand les faits étaient reconnus, il n'y avait plus d'enjeu. Au début, l'abolition de la peine de mort n'a pas amoindri l'intérêt du public et celui des avocats pour les affaires criminelles. Mais, dans un second temps, dans les années 90 et jusqu'au milieu des années 2000, il n'y a plus eu de véritables chroniques judiciaires et les avocats d'assises sortant du lot n'étaient pas assez mis en vedette. Le désintérêt du public était devenu grand par rapport aux procès. Les avocats les mieux placés ont ainsi commencé à être appelés pour les affaires politico-financières. La notoriété d'un Éric Dupond-Moretti aurait été impensable à cette époque-là. Le grand public ne connaissait pas, par exemple, un avocat comme Jean-Yves Liénard à la personnalité pourtant incroyable. Nous avions quinze ans d'écart, il a été mon premier modèle. Jean-Yves Liénard et son frère Philippe n'avaient pas passé leur bac et tenaient deux magasins de chaussures à Dreux. Ils allaient devenir tous deux avocats. Jean-Yves Liénard a passé sa capacité en droit. Quand je suis arrivé au barreau de Versailles, en janvier 1979, il avait prêté serment en décembre 1974. Dès sa première plaidoirie, son talent était là. Son caractère était empreint de singularité, de pudeur, de discrétion. Son phrasé et sa présence étaient inimitables. Je n'ai pas suivi tous ses conseils, mais je l'ai énormément observé et il m'a beaucoup appris. J'ai plaidé de nombreuses fois aux assises avec lui. À l'époque, les procès d'assises étaient moins longs. Ils duraient souvent une poignée de jours, mais Jean-Yves Liénard arrivait quand même à créer un lien de sympathie avec les jurés. Il était un esprit libre. Il ne recherchait pas l'originalité, il était original. La distorsion entre sa notoriété et sa médiatisation a persisté cependant tout au long de sa carrière. Jean-Yves Liénard était adoré de ses confrères, mais méconnu du public. Il n'a jamais fait un mauvais coup à qui que ce soit dans l'exercice de son métier. Il a beaucoup compté pour moi. Son soutien a été constant. Je l'aimais profondément.

Le métier avait donc perdu cet éclat-là, lié à une question de vie ou de mort. Je voulais être avocat pour sauver des têtes et, en même temps, l'abolition de la peine de mort a été un immense soulagement pour l'avocat que j'étais. Elle a enlevé à la fois prestige et pression. Je ne connaîtrais pas la grandeur d'épargner la mort à un condamné, mais je ne subirais pas l'horreur de l'accompagner jusqu'à la guillotine sans avoir pu lui sauver la vie. Les avocats qui ont assisté à des exécutions en ont été changés à jamais. Dans la vocation de beaucoup d'entre nous, il existe des livres fondamentaux comme *L'exécution* de Robert Badinter, *Le pull-over rouge* de Gilles Perrault. Le métier est resté passionnant, plein d'enjeux humains, de batailles poignantes mais, heureusement, rien ne peut remplacer le risque de la guillotine.

Un nom d'avocat est associé à jamais à l'abolition

de la peine de mort. Adolescent, je me plongeais dans les journaux et je me passionnais pour les comptes rendus des procès d'assises. J'ai toujours préféré les gens qui se battent concrètement, comme les avocats, aux pétitionnaires professionnels. Je voulais comprendre comment les avocats plaidaient et j'ai saisi toute la contribution d'un Robert Badinter au métier. Avant lui, les avocats tentaient déjà de responsabiliser les jurés. Ils s'inscrivaient dans une tradition d'éloquence pénale. Ils avaient l'habitude de parler de l'exécution en évoquant le sang sur les murs. La manière de responsabiliser les jurés était de faire le récit sanguinaire de l'exécution capitale. Nous étions dans l'horreur de l'exécution. Robert Badinter est évidemment un avocat d'exception. Après l'exécution de Roger Bontems en 1972, jugé coupable de complicité dans l'affaire de la prise d'otages sanglante de la centrale de Clairvaux, il retourne à Troyes pour une affaire impossible. Patrick Henry a enlevé et tué Philippe Bertrand, alors âgé de sept ans, en janvier 1976. Le procès s'ouvre en 1977. Robert Bocquillon a été commis d'office pour défendre Patrick Henry et il a appelé Robert Badinter pour plaider contre la peine de mort. La charge est immense. On perd ses nuits et sa santé, parfois, dans notre métier. Robert Badinter a expliqué comment il avait trouvé la solution. Après une longue réflexion, une lumière est arrivée. Il est parti d'un constat : un procès est toujours une affaire entre les juges, les jurés, et eux-mêmes. Les avocats du condamné sont présents lors de l'exécution, mais pas les juges et les jurés qui prononcent la sentence. Ils ne sont pas confrontés concrètement aux conséquences de leurs décisions. Robert Badinter leur a demandé de l'accompagner lors de l'exécution et leur a dit qu'ils auraient des comptes à rendre à leurs enfants quand la peine de mort serait abolie: «Si vous décidez de tuer Patrick Henry, c'est chacun de vous que je verrai au petit matin, à l'aube. Et je me dirai que c'est vous, et vous seuls, qui avez décidé.» Robert Badinter plaidait sans notes. Il ne voulait pas couper le contact entre lui et les jurés. Face à eux, Robert Badinter était violent sans être vindicatif, dans un tête-à-tête tendu. Il bataillait pour que chaque décision soit prise en son âme et conscience et non diluée dans la collégialité. Il les a vus un par un. Il les a responsabilisés individuellement. Plaider est une drogue: vous parlez à des gens qui ne vous répondent pas et vous tentez de saisir ce qu'ils ont dans la tête. La plaidoirie demande un maximum de psychologie pour comprendre l'autre et un minimum de folie pour s'en croire capable. Quand je plaide, je ne perds pas non plus les juges ou les jurés des yeux. Robert Badinter pouvait être à la fois théâtral et sincère. Il a réussi. Patrick Henry a été condamné le 20 janvier 1977 à la réclusion criminelle à perpétuité. Il y a donc eu ce double mouvement de balancier après 1981 : la dramaturgie autour des procès d'assises a baissé de plusieurs crans, mais l'abolition de la peine de mort a été un grand soulagement. Certaines affaires criminelles restent aujourd'hui passionnantes. J'ai trouvé captivante l'affaire du docteur

Jean-Louis Muller, défendu par Éric Dupond-Moretti. Le docteur Jean-Louis Muller a été accusé d'avoir tué sa femme, retrouvée morte dans la salle de jeux des enfants de leur maison à Ingwiller, en 1999. Par son talent, Éric Dupond-Moretti a fini par arracher son acquittement. Après tant d'années, mon rêve secret demeure ainsi le même : défendre un innocent et le sortir d'affaire.

On ne m'a rien transmis. Je n'ai jamais eu de patron. Les grands noms comme Émile Pollak, Robert Badinter, Henri Leclerc, Jean-Louis Pelletier ont été mes modèles. Émile Pollak est resté entre tous mon idole. Il est mort en 1978, un an avant ma prestation de serment. J'ai tout de suite aimé sa gueule, sa voix, son histoire. Je me souviens d'un ami avocat, poursuivi pour outrage à magistrat car il avait osé assurer qu'il y avait de bons et de moins bons juges. Émile Pollak a été son avocat, sa plaidoirie était un modèle d'humour et d'intelligence. J'ai toujours perçu Émile Pollak comme un artiste et nombre d'anecdotes, de rumeurs, d'histoires courent sur son compte. Un jour, Émile Pollak avait accepté de représenter un syndicat de copropriétaires pour aussitôt le regretter. Il y avait une créance. Il n'avait même pas pris la peine de lancer l'assignation. Les clients l'appelaient régulièrement, il les rassurait : « Oui, oui, tout va bien. » Au bout de plusieurs années d'appels téléphoniques sans procès, il n'en pouvait plus, alors il leur a répondu pour s'en débarrasser qu'ils avaient gagné : il a payé lui-même la créance. Le comble, c'est qu'ils lui ont fait une énorme publicité. Il racontait : « Imaginez que tous les syndicats de copropriétaires fassent appel à moi, je serais ruiné. »

Tous les ans, il y a, au barreau, la rentrée de conférence de stage. Elle lance l'année à venir. Il y a deux discours des deux premiers secrétaires. J'ai choisi de faire l'éloge d'Émile Pollak, « mendiant d'honneur », lors de mon discours. Je connais mille et une choses sur lui.

La chronique judiciaire comptait énormément à l'époque. La presse était fascinée par René Floriot et faisait peu de cas d'Émile Pollak. Émile Pollak a défendu Gaston Dominici. En 1952, une famille de trois Anglais a été assassinée à proximité de la ferme de la famille Dominici, sur la commune de Lurs, dans les Basses-Alpes. Le patriarche Gaston Dominici a été accusé du triple meurtre, sans que sa culpabilité n'ait jamais été établie. Il a été condamné à mort puis gracié et libéré par de Gaulle. La presse a écrit, en faisant allusion à René Floriot, que si un autre avocat l'avait défendu, Gaston Dominici aurait été sauvé. La violence était celle-là.

Durant l'affaire de l'intellectuel d'extrême gauche Pierre Goldman, accusé du meurtre des pharmaciennes du boulevard Richard-Lenoir à Paris, deux procès ont eu lieu. Dans le premier, où il fut condamné, Pierre Goldman avait comme défenseurs Charles Libman et Émile Pollak. Les deux avocats ont été extrêmement critiqués par les journalistes. Entre les deux procès, Pierre Goldman a écrit en prison *Souvenirs obscurs d'un juif polonais né en France* (1975). Il rend un superbe hommage à Émile Pollak, qui a pourtant perdu le procès. Des lignes magnifiques. « Pollak plaida. Je voulus être près de lui. Je me déplaçais vers l'endroit d'où il parlait. À mesure qu'il formulait son discours, je sentais combien j'étais attaché à cet homme et, aussi, que nous n'étions pas vraiment dans cette salle. Son visage exceptionnel et transfiguré, comme celui, dans une tragédie, d'un acteur, semblait me parler d'un ciel, d'un rêve, d'un souvenir. Son regard étincelait, noir, d'un éclat terrible qui portait la pesanteur et la présence d'une passion mystique. Il s'adressa à moi et dit qu'il était convaincu de mon innocence, il engagea dans sa conviction ce qu'il avait de plus essentiel, de plus sacré. Je sus qu'il disait vrai, qu'il avait compris. » Quand j'ai découvert le livre de Pierre Goldman, j'étais alors âgé de dix-huit ans. Avec les années, je n'ai retenu que ces lignes-là. Émile Pollak avait du charme, beaucoup d'humanité et un talent fou, autant qu'un avocat peut en avoir. Je ne savais pas que quatre ans plus tard je terminerais un discours de rentrée de conférence où, dans un rêve, je le verrais me passer le témoin.

La situation matérielle des jeunes avocats est plus précaire aujourd'hui que lorsque j'ai débuté dans le métier. Les figures d'avocats du passé avaient une vie dure, mais il y avait sans doute une plus grande fraternité entre eux que de nos jours. On transmettait par l'exemple. J'allais assister aux audiences. Durant les délibérés, les avocats se rendaient au café puis revenaient une fois les délibérés terminés. Je me glissais parmi eux et je les écoutais. Je me souviens de Jean-Louis Pelletier sortant d'une plaidoirie à deux heures du matin et m'emmenant dîner avec Philippe Liénard et lui. On est repartis vers neuf heures du matin. Nous tous, qui succédons aux Pollak et aux Pelletier, devons conserver une grande humilité. Nous ne sommes pas au niveau de nos maîtres. La génération actuelle des avocats en vue est moins intéressante que celle qui nous a précédés. Les Kiejman, Lévy, Leclerc, Pelletier, Badinter ont exercé le métier avec le risque de la peine de mort et il les pare d'une profondeur et une gravité que nous n'avons pas. Nombre des grands avocats d'antan ont eu accès à la notoriété avec un échec retentissant. Il suffit de penser à Émile Pollak, avec l'affaire Dominici, ou à Robert Badinter, avec l'affaire Bontems. Ils avaient un autre rapport au temps, au succès. Aujourd'hui, l'hypermédiatisation permet à nouveau l'émergence de figures tutélaires, mais aussi celle de personnages factices.

Le métier d'avocat reste merveilleux. On le pratique avec des niveaux matériels extrêmement différents, mais on partage affinités et valeurs. Parmi les valeurs du métier, le respect du secret professionnel représente, pour tout avocat digne de ce nom, quelque chose de naturel et d'essentiel. La dénonciation de l'autre et la révélation de confidences sont contraires à la définition même de la profession. La société baigne aujourd'hui dans l'hystérisation du jugement. On traque la faute et on se réjouit de la trouver. Les avocats refusent d'être dans la prédication et la condamnation. Ils rejettent le manichéisme, la lapidation, la chasse à l'homme, la meute. Tout serait si simple s'il y avait les bons d'un côté et les méchants de l'autre. Qui peut imaginer que l'on soit complaisant avec le viol parce que l'on défend un violeur ? Être avocat, c'est un état d'esprit. J'ai rencontré un jour Jean-Marc Varaut, défenseur de Maurice Papon, avec qui je n'avais strictement rien en commun sur le papier. Nous avions, en fait, les mêmes réflexes d'avocat. Nos façons de voir les choses ne sont pas les mêmes que celles qui règnent sur la puissante twittosphère. On peut penser que nous sommes dans la déformation professionnelle. C'est le contraire : nous sommes dans la formation professionnelle. Les avocats sont sans cesse confrontés à la part la plus sombre de l'humanité. Nous sommes obligés, pour garder notre joie de vivre, de conserver une sorte de naïveté dans nos vies privées. Notre faille réside souvent dans le fait que nous ne sommes pas des hommes d'action. Les avocats sont habitués à critiquer l'accusation, à défendre. Nous avons une rhétorique forte pour protester et plus faible pour proposer. Les Nicolas Sarkozy et les Jean-Louis Borloo sont rares. Les qualités d'un avocat sont avant tout des qualités de caractère. Je crois qu'on plaide comme on est.

On a tendance à dire que les débats sont essentiels et que la plaidoirie l'est moins. Je pense que la plaidoirie reste primordiale. Elle peut même être déterminante. Le meilleur avocat du monde va devoir faire avec les arguments dont il dispose, mais il peut être plus inventif, plus démonstratif, plus créatif qu'un autre. Un avocat n'est pas un camelot. Dans les affaires où l'on a une argumentation charpentée, la plaidoirie est essentielle.

Chacun a sa personnalité. J'aime plaider de manière naturelle. L'humour est primordial pour moi. Un avocat marseillais, ancien collaborateur d'Émile Pollak, avait coutume de dire : « Il n'y a pas d'hémoglobine dans les scellés. » Il existe des affaires dramatiques au cours desquelles l'humour ne trouve pas sa place. Mais l'humour peut être un sas de décompression bienvenue et, sur le plan rhétorique, il peut se transformer en une arme fatale. J'ai connu, dès l'enfance, des gens drôles. L'humour m'a sauvé et je me suis sauvé par l'humour. Il ne m'est pas arrivé dans la vie de circonstances tristes dont je n'ai pu me dire que j'en rirais un jour. Henri Leclerc disait : « On ne plaide jamais que pour soi. » La plaidoirie est un résumé de l'existence, avec toute la gamme d'émotions afférente. Je suis excessif dans la vie, je suis excessif en plaidoirie. On me charme par l'humour. Quelqu'un qui tourne en dérision l'argument adverse me séduit. Georges Kiejman excelle dans cet exercice-là. Je suis reconnaissant à ceux qui me font rire. J'aime les gens généreux et drôles. Il y a au contraire deux catégories de gens que je ne fréquente pas : les radins et les sinistres.

Sur la forme de la plaidoirie, je n'utilise pas de procédés. Quand j'étais jeune, on m'a donné des conseils. Je les ai suivis, avant de les abandonner un à un. J'ai passé la conférence du stage à Versailles. On plaidait sur de véritables dossiers tirés des archives. On m'a fait des critiques bienvenues : je bougeais trop, je faisais trop de gestes avec mes mains. J'ai essayé de corriger mes défauts, avant de ne plus y penser. J'attache beaucoup d'importance à la rhétorique intellectuelle, mais pas à l'éloquence et à la mise en scène. On se trompe, si l'on pense le contraire. Les défauts peuvent être des atouts. On ne peut pas comprendre mon rapport au métier, et donc au secret, si l'on ne sait pas que j'ai été élevé par des femmes que je juge hors du commun. Elles ont fait de moi ce que je suis. Mon rapport au secret s'est aussi construit dans mon éducation.

L'homme et le secret

J'ai un amour et une admiration sans borne pour les femmes qui m'ont élevé : ma mère, ma grand-mère. Je crois avoir hérité de leur sensibilité. Elles ont vécu des épreuves particulièrement douloureuses et elles ont su les surmonter pour leurs enfants et petits-enfants. J'ai été élevé par une grand-mère maternelle, née en 1909, qui a été d'une grande modernité et d'une grande ouverture d'esprit. Les femmes de ma famille comprenaient tout, sans qu'on ait besoin de leur livrer quoi que ce soit. Elles devinaient et ressentaient les choses. J'étais un garçon secret dont on respectait les secrets. Quand j'étais adolescent, ma mère ne m'aurait jamais demandé le nom de ma petite amie et il ne me serait pas passé par la tête de lui en parler. Ma grand-mère et ma mère étaient tout à la fois la douleur, la gaieté et la dignité mêmes. Ma grand-mère avait perdu son pays, l'Algérie, sa fortune, mais surtout, son gendre. J'ai été le premier petit-fils, donc j'ai été élevé dans l'amour inconditionnel. Je connais nombre d'hommes drôles et intelligents, ils restent pour moi une anomalie. J'ai beaucoup plus d'affinités avec les femmes. Je suis un Méditerranéen et j'appartiens à ma génération, mais l'égalité des sexes m'a toujours paru être une évidence. J'ai grandi à Versailles entouré d'enfants dont la famille était constituée par « Papa, maman, la bonne et moi ». J'avais l'impression d'un immense conformisme. J'aurais aimé leur ressembler, mais je n'avais rien de commun avec eux : j'étais trop marqué par mes origines et la perte de mon père et me sentais très différent de ceux que je côtoyais. Tout ce qui rentre dans le cadre ne m'a jamais attiré. J'aime les gens qui ont quelque chose qui brûle en eux. Une rage, une faille, une douleur. Les parcours rectilignes ne m'intéressent pas. Je ne suis pas du côté des puissants, je suis du côté des accusés. Je suis souvent face à des puissants mis à terre. J'espère savoir aller au-delà des apparences, bonnes ou mauvaises, tant c'est essentiel dans notre métier. Quand on est avocat, avoir été confronté à la souffrance est une force : on sait ce que c'est, on sait ce qu'elle fait. Je sais aussi qu'on peut la surpasser.

On confie un secret à quelqu'un de notre choix parce qu'on le croit incapable d'en faire état mais, aussi, parce qu'on le pense susceptible de comprendre sans juger. On se met à nu et on attend de l'autre un minimum d'empathie. À force de saisir toutes les ambiguïtés des hommes, il existe, pour l'avocat, un risque de perdre ses repères moraux. Je n'ai pas d'attirance pour la ligne jaune. L'image de mon père, l'éducation des femmes de ma famille, le respect de mon métier, l'admiration pour les plus grands avocats m'ont préservé de jouer avec le feu. J'ai toujours considéré l'intégrité comme une valeur très forte. J'ai passionnément voulu devenir avocat. Je me trahirais en trahissant le métier. Je sais que je ne devrais pas le dire, mais je redouterais d'être confronté à la justice. Je le vivrais comme une infamie. Je ne me sens pas à l'abri de tout, mais je ne pourrais franchir la ligne que pour des raisons passionnelles ou une erreur manifeste d'appréciation. Rien d'autre. Le véritable risque est aussi de refuser tout jugement moral par peur de participer à un lynchage généralisé. Je ne veux pas être de ceux qui jettent la première pierre. Dans une époque où les gens aiment prendre les autres en faute, malmener les faits, chercher des responsables, comme lors de la crise du coronavirus, les avocats ne s'empressent pas d'être dans la vindicte. Il y a un danger : on finit par ne plus juger personne. Prenez l'affaire Gabriel Matzneff. On perçoit la gravité et l'horreur des actes commis, mais aussi ce que cela représente pour un homme d'être traqué trente ans après les faits. On perçoit les deux. On est fabriqué comme ça. Je crois comprendre beaucoup de choses, j'espère que je peux presque tout comprendre. Il faut donc faire attention à ne pas se mettre à croire que tout est à égalité et que tout le monde se vaut. Il y a de véritables salauds, il y a ceux qui naviguent, il y a des gens bien, il y a des héros. Face à des confidences qui vous révèlent des actes condamnables, il faut réussir à introduire de la nuance, tout en évitant le relativisme.

Dans les secrets que je détiens, je fais le tri entre l'important, le très important, le capital. Il y a des confidences que je ne révélerai pour rien au monde au point que, sous la torture, j'aimerais être capable de ne pas les divulguer. J'apprécie les gens extravertis, sociables et, au fond, secrets. Je n'aime pas ceux qui mettent tout sur la table. Je suis attiré par qui conserve une part de mystère, même si je me vois personnellement comme quelqu'un de simple à décrypter. Enfant, j'aurais aimé garder pour moi le fait que j'avais perdu mon père. Je n'étais pas dans une forme de déni. J'avais conscience que la mort de mon père était à la fois une souffrance et une chance. J'étais d'une tristesse infinie. Mais je savais que j'en guérirais, que j'en sortirais plus fort, sans modèle à dépasser. J'étais aimé au-delà de la raison. Je n'ai jamais supporté le moindre regard de compassion et de pitié sur moi. Je n'aurais pas échangé ma place pour celle d'un autre. Dans la vie, j'ai eu la chance de développer des rapports singuliers et profonds avec des personnes choisies. Il était inutile de mentionner le fait que ce que l'on se disait devait rester entre nous. Par définition, la densité de la relation implique l'existence de la discrétion la plus absolue. Le secret est une protection pour les autres, pour soi. Dans les relations les plus étroites qui soient, professionnelles, amicales, amoureuses, on doit concéder à l'autre son droit au silence. Je ne suis pas favorable au fait de tout connaître de l'autre et réciproquement. Dans la vie, j'adore que l'on ne sache pas où je suis, ce que je fais. Les réseaux sociaux sont une perpétuelle source d'étonnement pour moi. Je ne comprends pas que l'on veuille être suivi à la trace en photographiant l'endroit où l'on se trouve. Je peux affirmer que tout est plus beau et plus riche loin du regard public. L'époque actuelle a beaucoup de bienfaits, comme certaines avancées concernant les droits des femmes, mais le secret me semble l'une de nos toutes dernières libertés. Il y a l'obligation de secret et il y a le droit au secret. Il y a le secret professionnel et il y a le goût du secret. Je tiens viscéralement aux deux.

Le droit au secret, qui me semble naturel, est aujourd'hui contesté. La vision de la transparence est déformée. On confond l'exigence de morale publique avec le droit au secret. Il y a un devoir d'intégrité des responsables politiques mais, à titre personnel, la violation de la vie privée me semble scandaleuse. L'intrusion dans mon intimité m'est proprement insupportable. Le fait que je puisse être en faute ou pas ne change rien à l'affaire. La faute n'excuse pas l'intrusion car l'intrusion me semblera, dans l'immense majorité des cas, plus grave que la faute. Il y a une expression que je trouve juste : si l'on cherche, on trouve. Pour fouiller dans la vie de quelqu'un, il faut être rongé par l'inquiétude. On va tout interpréter à travers ce prisme-là. Si l'on ne trouve rien, le rien va devenir suspect. L'existence du téléphone portable a changé la donne dans les rapports amoureux. Dans *Le Parisien*, j'ai lu une étude qui révèle que pour la moitié des couples, l'un d'eux regarde dans le téléphone de l'autre sans son accord. Il ne me passerait pas par la tête de fouiller dans un téléphone portable ou d'ouvrir un courrier qui ne m'est pas destiné. J'ai toujours été ainsi. Je suis dépendant sur le plan amoureux et amical. Je n'ai aucune force particulière. J'aime les liens, les sentiments, les relations et leurs excès. J'aime parler, bavarder, mais je n'irais pas raconter ma vie à n'importe qui, et jamais celle des autres.

Je me souviens d'une intrusion particulièrement violente dans la vie privée d'une de mes clientes. Qu'est-ce qu'il y a de plus douloureux que la maladie d'un père? Laura Smet découvre, en mars 2017, un message public sur la santé de son père, Johnny Hallyday, sur son propre compte Facebook. Elle n'était ni directement, ni indirectement à l'origine du message. Elle supprime le message malveillant et dément par deux autres messages. Quelques minutes s'écoulent. Le message malveillant réapparaît et les messages de démenti sont supprimés. Laura Smet change de mot de passe. Rien n'y fait. Le compte est à nouveau piraté. Je porte plainte immédiatement auprès du procureur. Un avocat est habitué et habilité à critiquer la parole d'un client, mais je ne mets pas un instant en doute les propos de Laura Smet. Elle reçoit alors un mail menaçant du hacker. Une jeune magistrate du parquet identifie l'auteur du mail. Le hacker est interpellé, placé en garde à vue, incarcéré. Un démenti paraît dans la presse. L'histoire aurait dû s'arrêter là. La rumeur parisienne a alors pris le relais. Je croisais des gens me disant : « Alors, il paraît que Laura Smet a balancé sur son père ? » Je démentais. On me répondait, sceptique : « Ah bon ? Tu es certain ? » L'intrusion dans la vie privée puis la rumeur destructrice ont abîmé, un temps, les relations de Laura Smet avec son père. Victime, elle était désignée comme coupable. Dans cette affaire, il y a eu une double violation du secret, d'abord par l'informatique puis par la rumeur.

Si mon horreur de l'intrusion est une qualité, elle peut aussi se transformer en défaut. Il y a des moments de ma vie où j'aurais dû être intrusif et où je ne l'ai pas été. Je me rends compte que je peux passer pour indifférent. Je ne joue pas, parfois, le rôle que je devrais jouer. Je déteste le « faites ce que je dis, mais pas ce que je fais ». J'ai mis du temps à me rendre compte de l'hypocrisie qui m'entourait à Versailles. J'y ai souvent été témoin d'un gouffre entre les actes et les paroles. Je tiens à conserver ma sphère privée donc je me tiens éloigné de celle des autres. Il y a pourtant des gens qui ont besoin que l'on force les portes de leur intimité pour leur permettre d'exprimer quelque chose qui leur pèse. J'ai conscience que même dans les relations personnelles, il peut exister un devoir d'ingérence. De mon côté, il ne s'agit pourtant pas d'indifférence, mais de respect. Mon rapport à la parole est particulier. Je n'aime pas les anecdotes. Quand mes collaborateurs commencent à me raconter une affaire en long, en large et en travers, je suis pris d'ennui. François Mitterrand adorait une histoire juive racontée par Roger Hanin : un type a besoin d'argent et commence à tenter de taper tous ses copains en expliquant le pourquoi du comment. Tout d'un coup, il se souvient que son meilleur ami est président de la République. Il lui rend visite : « Alors, comment vas-tu ? » Le président l'interrompt tout de suite : « Tu es gentil, commence par la fin. » J'apprécie que l'on commence les histoires par la fin. Le concret ne m'intéresse pas et le secret est maladif chez moi. Je suis dans la communication absolue. Je ne crois qu'au dialogue, mais je suis incapable d'intrusion. Le secret reste capital et vital.

Nous sommes dans une société où tout le monde veut plaire à tout le monde. Les gens célèbres qui veulent garder leur jardin secret doivent faire preuve d'une rare force de caractère. Après, c'est une question de goût : je n'aime pas les gens qui exposent toute leur vie et je refuse d'exposer toute ma vie. J'ai rencontré des personnes qui ont une capacité à faire en sorte que vous vous abandonniez à eux car ils instaurent un climat de confiance. C'est un don. Il y a des gens avec qui je vais être une pierre tombale et d'autres à qui je vais me confier. Je me fie à mon instinct naturel dans mon rapport aux autres. Je me suis parfois trompé, mais toujours dans le même sens. Quand je ne fais pas confiance, je ne fais définitivement pas confiance.

Je l'ai remarqué mille fois : il y a des gens qui ne comprennent rien à rien et il est inutile de leur parler ; il y a des gens qui comprennent tout à tout et il est inutile de leur parler. Je veux pouvoir aller à l'essentiel dans une relation humaine. Les hasards de l'existence ont fait que j'ai reçu tôt des secrets de vie et de mort. C'était lourd à exprimer, lourd à recevoir, lourd à conserver. On m'a livré des propos que l'on ne confie parfois pas à son psychanalyste, même après vingt ans d'analyse. Il s'agissait d'événements fondateurs. Est-ce parce que ma vie est ainsi construite ? Je considère que dans le parcours d'un homme, il existe très peu d'éléments fondateurs qui le constituent. La mort d'un père en fait partie. Nos vies sont le plus souvent faites d'une petite poignée de balises. Par rapport à mon échelle de valeurs, une des choses les plus graves que je pourrais commettre est donc de violer un secret. Je suis expansif, mais pudique, et pour moi la discrétion est une valeur cardinale. Je crois n'avoir jamais dérogé dans ma vie privée à une obligation de secret – et puis je suis devenu avocat.

L'avocat et le secret

Il faut atténuer les fantasmes de certains journalistes qui pensent que l'on détient des secrets d'État, surtout lorsqu'on est catalogué « avocat des puissants ». En plus de quarante ans de métier, j'ai recueilli néanmoins un nombre extravagant de confidences. Dans mon domaine, ce qu'on peut vivre, ce qu'on peut voir, ce qu'on peut entendre est proprement extraordinaire. Mais petites ou grandes révélations, le secret professionnel est le cœur du métier. Il existe beaucoup de points communs entre les professions de médecin et d'avocat. Mon père était médecin et j'aurais pu me tourner vers cette profession. Je n'ai pas été médecin pour plusieurs raisons, dont la plus évidente est que je me suis intéressé au métier d'avocat dès les années 70. Ma vocation est née tôt, vers treize ans. Il existe deux autres raisons, qui se dédoublent. Première raison, mon père étant mort d'un cancer, je ne pouvais envisager que d'être cancérologue mais j'étais à l'époque trop fragile, entre dix et quatorze ans, pour marcher sur les traces paternelles. Je pensais que je n'aurais pas la force d'être confronté à la mort sans arrêt et, en plus, j'avais conscience qu'il s'agissait de longues études. Deuxième raison, j'étais impatient de travailler, d'être indépendant, de croquer la pomme. La rapidité est chez moi une manière de dissoudre l'angoisse. On m'appelle, je réponds. Je m'assure ainsi qu'il n'y a rien de grave. Mon père est mort jeune et je n'étais pas certain de vivre plus longtemps que lui. Une certitude : je voulais sauver des vies. Défendre et soigner reviennent au même. Aider, protéger, secourir. Garder pour soi ce que l'on vous confie, être en dehors de la sphère sociale, ne pas être dans le jugement permanent. La mentalité des médecins est quelque chose de merveilleux. Les Français en ont pris conscience lors de la crise du coronavirus. J'espère qu'ils ne l'oublieront pas. La confiance est au cœur des échanges entre médecin et patient, avocat et client. Elle est liée à la certitude que le secret sera bien gardé. Les gens qui viennent voir un avocat sont amenés à lui confier des faits intimes qui sont loin d'être toujours liés à l'affaire en cours. Une relation se nourrit de beaucoup de choses. Dès que l'on commence à toucher au secret, on affaiblit la nature de la relation avocat et client. Il est ainsi vrai de dire que le meilleur d'entre nous n'est pas à la hauteur du métier. Il faut imaginer ce que cela signifie d'aller voir un inconnu, de lui confier des choses que vous n'avez jamais révélées à personne, de le charger de vous défendre, de savoir qu'à un moment ou à un autre il va prendre la parole en votre nom. Le client se dit de son avocat : il va être ma voix, l'expression de ce que je fais ou de ce que je ne fais pas. Tout découle de la confiance et la confiance découle de la certitude que le secret va être conservé de manière absolue. Il m'arrive probablement de répéter des propos que je ne devrais pas répéter. Je suis dans mon tort, mais je sais que cela ne porte pas préjudice à la personne. Mes collaborateurs sont soumis au même régime. Un avocat qui parle à son conjoint d'une confidence recueillie commet, par exemple, une faute majeure. Ma propre femme est souvent surprise d'apprendre par la presse ou par un tiers que je défends un tel ou un tel alors que ce sont des affaires qui ont pu être évoquées lors de discussions avec des amis auxquelles elle a participé. Je n'en disais rien.

Je me souviens d'un secret recueilli, dans le cadre de

la préparation de la défense d'un homme d'affaires. On doit toujours faire avec la personnalité d'un client. J'avais en face de moi un chef d'entreprise sympathique et roublard. Il se retrouvait accusé d'avoir surévalué la cession d'une de ses sociétés en fabriquant de fausses factures. En réalité, la société avait été vendue à son juste prix. Mais, au début des négociations, il s'était servi de factures qu'on suspectait d'être fausses. Nous avons un premier rendez-vous. Mon client conteste toute surévaluation du prix de cession de la société, et m'explique pourquoi les fausses factures ont été faites. J'en prends acte. J'ai conscience que l'on doit gagner le procès ; je n'ai pas oublié qu'il m'a confié qu'il s'agissait de fausses factures. Mais, dans la suite de nos échanges, il n'aura de cesse de me fournir des arguments pour me démontrer que ces factures n'étaient pas fausses. J'avais affaire à un exercice extraordinaire de schizophrénie. J'ai dû assurer sa défense sans jamais avoir à infirmer ou confirmer leur caractère faux. Le secret de notre échange était essentiel. Je n'ai pas menti en le défendant. Si l'on avait eu accès au secret de nos conversations, le fonctionnement de la justice en aurait été altéré. Il suffit de penser à l'affaire Ronaldo. Le footballeur portugais Cristiano Ronaldo a été accusé d'avoir commis des faits de viol aux États-Unis en 2009. L'hebdomadaire allemand *Der Spiegel* a publié les propos privés tenus entre lui et ses avocats. Le contenu de messages internes entre ses avocats, démontrant le caractère accablant de preuves contre le footballeur, a été relayé par les médias du monde entier. Une nouvelle étape a été franchie dans le non-respect du secret professionnel, sans que l'on réplique de manière massive et ferme.

Pour un avocat, le secret n'est pas une camisole de force. On peut heureusement converser entre nous, quand on a besoin d'un éclairage sur une affaire. Il existe entre avocats une notion dite du « secret partagé ». On parle de nos problèmes et de nos doutes afin de demander conseil, de tester des idées, de débloquer des situations. On échange des informations comme les scientifiques peuvent le faire entre eux. La qualité de la défense passe par l'échange d'informations entre praticiens. Cela va au-delà de la jurisprudence. On se fait aussi des confidences sur des juges, des dossiers, des confrères. Un petit monde que l'on ne cesse de dénigrer, mais auquel on reste attaché plus que tout. On fait attention aux informations sensibles. Nos propos ne doivent pouvoir nuire à personne : ni aux clients, ni aux avocats, ni à la justice. On se cache des informations comme des dates d'interrogatoire, non par peur qu'elles soient révélées, mais pour qu'on ne fasse pas partie des suspects en cas de divulgation. On ne se raconte pas ce qui pourrait nous exposer. Il arrive que des avocats, mêmes amis, échangent peu sur des affaires publiques alors qu'ils sont dans le même dossier. Les juges ne l'imaginent pas mais, dans un souci de protection réciproque, on garde des choses secrètes entre nous. Les avocats respectent au-delà du raisonnable des informations confidentielles que la presse cherche à appréhender par tous les moyens possibles. Je peux parler durant deux semaines avec un ami et apprendre par la presse que son client a été entendu quatre jours auparavant. Les avocats pénalistes ont le sens de l'atteinte relative qu'ils peuvent commettre en matière de secret. Nous sommes entre avocats en rivalité et en solidarité : la relation est donc complexe.

Je fais sans cesse face aux questions que l'on me pose sur des gens célèbres, sans rien trahir de ce qu'ils me confient. Catherine Deneuve et Gérard Depardieu sont continuellement sous le feu des médias, mais ils sont tous les deux viscéralement attachés à leur vie privée. Je n'ai donc rien à dire les concernant. Les gens célèbres sont souvent trahis et, parfois, par leurs propres avocats. Les entourages veulent briller. On peut être amené à répéter les choses en ayant la faiblesse de répondre à des questions et en croyant que la personne auprès de qui on viole un secret va le conserver. C'est drôle et humain : on commet une faute, on justifie le fait de la commettre en espérant que celui auprès duquel on la commet ne la commettra pas. Et ainsi de suite. La phrase est : « J'étais en confiance et persuadé qu'il ne le répéterait à personne. » On pense ainsi que l'on est plus faible que celui à qui l'on répète le secret. Quand on est avocat, la manière la plus sûre de faire circuler un message est de faire passer pour très secrètes des choses que l'on souhaite rendre publiques. On peut ainsi diffuser une information et culpabiliser la personne qui a trahi le secret. Pour moi, c'est un marqueur : je ne dirai jamais rien qui présente le moindre intérêt à quelqu'un dont je sais qu'il est capable de violer une confidence. Dans la vie privée, la capacité à mesurer ce qui doit rester secret – car tout ne doit pas demeurer dans le domaine du non-dit – tend à disparaître de plus en plus. Les moyens modernes de communication y contribuent car la violation du secret est encore plus facile qu'avant. Je ne transfère pas de message électronique à caractère privé. Si je dois rendre compte d'un message non personnel, je préfère en parler que le montrer. Je reste sensible au papier. Le secret me semble plus difficile à trahir quand il est couché sur du papier. Peut-être est-ce une idée romantique, mais on envoie rarement copie d'une lettre reçue à qui que ce soit.

Le secret n'existe pas envers le client. La règle est que s'agissant du dossier pénal, l'avocat donne le libre accès à son client. Le dossier pénal est constitué de pièces. Un avocat ne peut pas dissimuler au client des éléments versés au dossier. Je ne révèle pas la totalité des pièces au client, mais je ne lui dissimule pas les éléments versés au dossier. Il a toujours la possibilité de le consulter dans son intégralité. Un avocat n'a rien à cacher à son client. Prenons la comparaison avec le médecin : je ne falsifie pas le dossier médical. Dans l'interprétation que je fais du dossier, je lui dis ce que j'estime compatible avec la vérité, mais aussi avec ce qu'il peut supporter psychologiquement. Je ne mens pas, mais je ne décourage jamais. On va au procès comme à la bataille. L'envie de gagner, la capacité de croire qu'on peut y arriver sont essentiels. Je fais grand cas de l'impact psychologique de ce que je peux révéler ou non à mon client. Ai-je raison ou tort? Je ferais sans doute partie des médecins qui ne dévoileraient pas la totalité de la vérité à leurs patients, sauf si elle m'était expressément demandée. Le pronostic sur l'issue judiciaire est toujours aléatoire. Nous sommes parfois entre zéro et l'infini. Si la messe est dite sur la culpabilité, je n'assène pas: «Je ne vous crois pas.» Je peux tenter d'exercer une pression intellectuelle qui va amener le client à changer sa version des faits. Sinon, il faut partir. Je fais attention à chacun de mes mots. Je me souviens d'avoir défendu un ami avocat. Nous étions deux à ses côtés. Avant le procès, on rend visite à l'autre avocat, plus expérimenté que moi. Le rendez-vous se déroule bien. Mon ami avocat qui doit être jugé dans les jours qui suivent interroge: «Qu'est-ce que je risque?» Le deuxième avocat, plus chevronné que moi, répond: «Au pire, quelques mois de prison ferme.» Mon ami s'est décomposé. Jusqu'à son procès, il n'a plus pensé qu'à la prison. Il a été condamné à une dispense de peine. On aurait pu lui épargner des nuits d'angoisse. Le poids des mots est énorme quand on est fragilisé. Je peux plaisanter de tout, de la maladie à la mort. Je ne plaisante jamais de la prison.

Ma grand-mère avait peur que j'aille au parloir et que je me retrouve enfermé avec des assassins. Durant les dix premières années où j'ai exercé, je me suis beaucoup rendu en prison. J'allais y visiter mes clients. Quand j'ai ouvert mon cabinet à Paris, la concurrence entre pénalistes était sévère. Nous allions rendre visite à nos clients toutes les semaines. J'avais toujours une centaine de clients en détention provisoire. J'ai dû passer quatre à cinq matinées complètes en prison chaque semaine pendant six ou sept années. Nombre d'amis avocats ont fait beaucoup plus et pendant beaucoup plus de temps. J'ai été longtemps impressionné par l'univers carcéral. Les clés dans la serrure, les bruits, l'odeur, le sentiment de solitude, la tristesse, la dignité, l'oppression, mais on finit peu à peu par s'y habituer, comme un médecin en milieu hospitalier. Avec le temps, la prison est devenue presque abstraite. Quand j'ai dû y revenir, alors que cela ne s'insérait plus dans une routine, j'ai eu à nouveau du mal à m'y faire. Je n'arrive pas à me projeter derrière les barreaux. J'en souffrirais infiniment. Je ne souhaite la prison à personne. Pourtant j'aurais pu m'y retrouver à mon tour à cause d'une histoire où j'ai été soupçonné de faute professionnelle. À tort.

Je défendais Monsieur A, accusé d'avoir tué, en compagnie d'autres types, un homme, noyé dans le lac de Gennevilliers. La victime, dont on avait retrouvé le corps, s'était raccrochée à la barge. Ses meurtriers lui avaient fait lâcher la barge à coups de pied. On avait découvert les empreintes de leurs chaussures sur les mains. L'homme que je représente, Monsieur A, a un casier très chargé. Il est considéré comme un homme dangereux. Nous sommes dans les années 80, les détentions provisoires sont très longues dans les affaires criminelles. Au bout de trois ans de détention provisoire, le procès n'est pas encore visible à court terme. Un jour, à l'issue d'un interrogatoire, ma collaboratrice m'appelle pour me dire que mon client sort de prison. Le procureur fait appel, mais Monsieur A est quand même libéré. Je plaide devant la cour d'appel. Sans surprise, la cour décide la réincarcération de Monsieur A. Avant même qu'on l'arrête, que l'on exécute la décision de réincarcération, mon client est accusé d'un autre assassinat. Les journaux en font leurs gros titres. Je me retrouve accusé d'avoir fait libérer un criminel, alors que la décision avait été prise par le juge. L'époque était marquée par un épisode où une avocate, Nicole Dreyfus, avait été prise en otage par Lionel Cardon, considéré comme l'ennemi public numéro 1 en France au début des années 80. On vivait dans la psychose de la prise d'otage, on était sans cesse sur nos gardes. Mes collaborateurs et moi craignions que Monsieur A ne tente d'entrer en contact avec nous ou qu'il se rende directement au cabinet.

En prison, les noms d'avocats circulent. Je reçois une lettre de désignation pour un autre homme, Monsieur B, afin d'assurer sa défense. Il est inculpé à la prison de Bois-d'Arcy. Selon l'usage, un de mes collaborateurs passe au cabinet du juge pour prendre un permis de visite pour le détenu et quelques notes sur le dossier en cours. Mon collaborateur revient le vendredi soir au cabinet. Il a bien pris des notes sur l'affaire, mais il a oublié de prendre le permis de visite. Je lis les notes et découvre que Monsieur B est mêlé à l'affaire de Monsieur A. Il s'agissait du même dossier. Monsieur B m'a désigné dans l'affaire où Monsieur A est déjà accusé. L'un est en prison, l'autre est recherché. Tous les deux trempent dans le second assassinat. J'écris à Monsieur B : je ne le défendrai pas car il y a conflit d'intérêts. Je ne vais pas voir l'inculpé puisque je n'ai pas de permis de visite. Je n'écris pas au juge pour le prévenir. Le juge enquête sur le deuxième crime, alors que mon client est toujours en fuite.

Un jour, Monsieur A est arrêté et inculpé pour l'affaire qui concerne aussi Monsieur B. Je m'aperçois que le juge investigue essentiellement sur une réunion qui s'est déroulée dans l'entourage familial de Monsieur A. Monsieur A, alors en fuite, a convoqué une réunion familiale. Il a fait pression sur les cinq membres de sa famille afin qu'ils fassent attention à leurs déclarations devant la police. Monsieur A leur a dit : « Je connais le contenu du dossier par mon avocat. » L'avocat, c'était moi. Les membres de la famille sont convoqués comme témoins à la brigade criminelle. Ils répètent scrupuleusement les paroles de Monsieur A à la brigade criminelle. L'idée du juge devient alors claire : ayant été l'avocat de Monsieur B, j'aurais livré des informations secrètes à Monsieur A en fuite. Je vais voir le juge pour essayer de dissiper un malentendu et lui envoie un courrier pour acter notre rencontre. Contre tous les usages en cours, il me répond. L'affaire dure des mois. Le juge n'ose quand même pas saisir l'ordre des avocats contre moi. Il avait une expression à l'époque : « Ça pose problème. » Il me répétait donc : « Ça pose problème. » Sur un plan éthique, moral, déontologique, et pénal les faits qui m'étaient reprochés étaient extrêmement graves. Je n'en dormais plus la nuit. On me soupçonnait d'avoir livré des informations confidentielles à un homme dangereux en fuite. Le juge fait réentendre les témoins de la réunion familiale. La réunion avait bien eu lieu, les propos avaient bien été tenus par mon client, les participants avaient tous été authentifiés. Les parents de mon client, présents lors de la réunion, avaient définitivement quitté la France pour l'Algérie. On arrive à dater sans peine le jour où ils ont quitté le territoire français. Une chance inouïe. Il apparaît que j'ai pris connaissance du dossier de Monsieur B après la réunion familiale. Mon innocence est donc rapportée : je ne pouvais pas avoir donné connaissance du dossier à Monsieur A, puisque je n'y avais pas eu accès avant la réunion familiale. J'avais la preuve que je n'avais pas commis de faute. Je dis à mon collaborateur : « Pas un mot au juge. » Le juge ne s'en était évidemment pas aperçu. Il n'y a pas de pire aveugle que celui qui ne veut pas voir. Je voulais peaufiner ma vengeance. Mais un jour, mon sympathique collaborateur revient du bureau du juge et m'avoue contrit qu'il a vendu la mèche. Je n'ai pas pu jouir de ma victoire. L'affaire était sérieuse. Je me serais rendu coupable d'une violation du secret extrêmement grave si j'avais donné des éléments confidentiels à mon client en fuite. J'ai été à deux doigts d'être victime d'une erreur judiciaire.

Deuxième partie

LE SECRET À TOUS LES ÉCHELONS

La procédure judiciaire

Une grande partie de la procédure pénale est dénaturée. Le socle fondateur d'un système judiciaire démocratique est la présomption d'innocence, mais elle ne cesse d'être mise à mal. On peut définir la présomption d'innocence de manière juridique : personne ne peut être considéré comme coupable avant d'avoir été condamné définitivement par une juridiction de jugement. Quelqu'un qui est condamné en première instance puis en appel, et qui forme un pourvoi en cassation, est présumé innocent. La présomption d'innocence fait qu'on ne peut pas attacher à ces condamnations les conséquences juridiques qui découleraient d'une condamnation définitive. Une condamnation ne figure pas au casier judiciaire avant d'être définitive. Vous avez été condamné à quinze ans par la cour d'assises, vous avez fait appel, votre casier est vierge. Sur le plan juridique, la présomption d'innocence existe. Dans la tête de ceux qui se tiennent informés par les médias et de ceux qui devraient en bénéficier, elle ne possède aucune réalité tangible. Elle est ancrée en théorie, mais pas dans les faits. Le principe de la présomption d'innocence est contre-nature. L'esprit a plus facilement tendance à croire ce qui accuse que ce qui relativise l'accusation. Les gens pensent que si quelqu'un est mis en examen, c'est qu'il est coupable. Il n'y a pas de fumée sans feu. Les avocats sont le plus souvent à part mais, même lorsque j'étais enfant, je ne fonctionnais pas ainsi. Je n'aime pas l'accusation portée contre une personne, j'ai tendance à la prendre avec distance. On me dit du mal de quelqu'un, j'en pense du bien. Je me fais ma propre opinion par moi-même. Les avancées de la justice sont dépendantes des connaissances des Français en matière d'éducation juridique. La justice est un progrès énorme de la civilisation. L'utilité sociale la plus importante de la justice est d'éviter la vengeance privée. La préservation du secret est au cœur de la présomption d'innocence.

Le droit pénal est une matière sophistiquée et pleine de contradictions. Tout paraît être une atteinte à la présomption d'innocence : la garde à vue, la détention provisoire, le contrôle judiciaire et la violation permanente du secret de l'instruction. La mise en examen est une étape précieuse. Elle permet au mis en cause de se défendre. Elle n'a pas à être connue du public. La violation du secret de l'instruction ne concerne pas que des gens connus. Les pires ravages de la violation de la présomption d'innocence peuvent toucher des anonymes. C'est un article dans la presse régionale : le charcutier mis en examen dont on ne met que les initiales, mais que toute la ville reconnaît et c'est un monde qui s'effondre. Les journalistes n'ont pas conscience des ravages causés par la violation du secret de l'instruction, sinon ils n'écriraient rien. Elle est pourtant dramatique. Quand *Causeur* et *Valeurs actuelles* font état des ennuis judiciaires du réalisateur Ladj Ly dans sa jeunesse, le problème n'est pas tant la course aux Oscars, comme le croit l'ensemble des médias, mais sa vie privée. Ladj Ly n'avait pas parlé de cet aspect-là de son passé à une partie de son entourage qui l'a ainsi découvert. La presse peut se rassurer en se disant qu'elle porte à la connaissance du public des faits qui ont réellement existé, mais la réalité des êtres humains est beaucoup plus complexe que ce qu'elle imagine. Le temps passe et on a le droit à l'oubli. Je l'ai vu mille fois : ce qui est horrible, c'est le regard des autres. Pour les gens qui sont en prison, ce qu'il y a de plus dur est parfois la sortie de l'univers carcéral. Je me souviens d'un client emprisonné pour des raisons de malversations financières. Quand je lui ai annoncé qu'il allait sortir, il a été pris de panique à l'idée d'avoir à se confronter au regard extérieur. La peur du jugement social et familial est extrêmement forte. La violation du secret de l'instruction salit les gens qui en sont victimes de manière non quantifiable. Il existe, en plus, un aspect psychologique : on se sent soi-même coupable de ce dont on est accusé. Ce qui s'écrit, ce qui se murmure, finit par contaminer la personne concernée. On finit par se dire : ils ont peut-être raison. Dans ce cas-là, le regard des autres abîme le regard sur soi. C'est totalement destructeur.

Tout est violent dans la procédure pénale. On ne se rend pas compte de la dureté d'une perquisition. Les gens qui sortent d'affaire non condamnés sont souvent détruits psychologiquement. J'ai des histoires de gratitude inouïes mais, le plus souvent, les gens que l'on a défendus sont contents de ne plus fréquenter leur avocat car il leur rappelle quelque chose qu'ils veulent oublier. Quand on revoit ses clients, même face à leurs remerciements, on se rend compte à quel point leur passage par la case justice a meurtri leur vie. Je fais mon métier non par amour du crime, mais parce qu'on traverse la vie des gens à des moments où ils sont en grande difficulté. Les masques tombent. Devant BFMTV, il est facile de conspuer quelqu'un, mais, dans un procès, on entre dans l'intimité des gens et on a accès à une grande partie de leur personnalité. Le procès est une école de l'humilité et de la nudité. On se dit que personne n'est à l'abri d'un faux pas et on découvre les autres, puissants ou non, sans aucune armure.

Dans le contexte de dénonciation médiatique perpétuelle où l'on vit, on est passé bien au-delà de la violation de la présomption d'innocence. La responsabilité éditoriale est importante puisque des gens sont régulièrement accusés de faits prescrits. Ils sont dénoncés, cloués au pilori, alors que la justice ne peut parfois même plus les juger à cause de la prescription des faits. Ils ne bénéficient pas des droits les plus élémentaires. L'époque est pleine de progrès, mais aussi pleine de régressions. Ainsi il ne faut pas mettre en balance les valeurs féministes et les principes de justice. Il faut préserver les deux. Tout est immédiat. On n'a plus, en tête, les conséquences à terme. On passe sans arrêt de la justice à la vengeance. Le processus judiciaire est civilisé et protecteur quand il est respecté. Le rôle des juges est capital. Il n'y a que l'application de la loi pour faire échec aux mouvements immédiats et primaires de la nature humaine.

Dans une procédure judiciaire, tout le monde n'est pas soumis au secret. Tout commence généralement par une plainte déposée auprès d'enquêteurs. Le premier acteur est le plaignant qui va pouvoir, le cas échéant, devenir une partie civile. Il ne sera jamais soumis au secret. Ensuite, les enquêteurs ou les gendarmes entrent en jeu. Ils vont mener une enquête, qui sera soit une enquête préliminaire menée sous l'autorité du procureur, soit une enquête dans le cadre d'une commission rogatoire (actes qui demandent à des enquêteurs de faire un certain nombre de choses sous la délégation du juge) sous l'autorité d'un juge d'instruction. Ces enquêteurs, qu'ils soient policiers ou gendarmes, sont soumis au secret de l'enquête. La Cour de cassation a rappelé récemment que la communication de renseignements connus uniquement des enquêteurs par un commandant de police peut être perçue comme une violation du secret professionnel. Relève du secret de l'enquête et de l'instruction la totalité des informations parvenues à la connaissance des policiers et connues des seuls enquêteurs. Dans ce cadre-là, il est souligné qu'un commandant de police n'a pas à faire des commentaires à un journaliste, même si ceux-ci ne permettent pas d'identifier les personnes concernées. La Cour de cassation donne ainsi un tour de vis supplémentaire à l'impératif du secret de l'enquête et de l'instruction. Le procureur lui-même est soumis au secret avec la réserve de l'article 11 du code de procédure pénale qui lui permet de rendre publics certains éléments de l'enquête qui doivent être objectifs et ne doivent pas pouvoir nuire aux droits des parties, en particulier à la présomption d'innocence. Si les choses évoluent de manière plus complexe, on peut imaginer qu'au bout de l'enquête, un juge d'instruction soit désigné. Il est lui-même soumis, de manière absolue, au secret de l'instruction. Il ne peut jamais y déroger. Au-delà de l'instruction, les magistrats instructeurs, qui doivent instruire à charge et à décharge, sont soumis à un devoir de réserve et ne doivent pas s'exprimer sur une affaire en cours. La jurisprudence a quand même autorisé l'audition de juges d'instruction comme témoins dans des procès. Ils le sont parfois dans des affaires discutées, comme Outreau. Dans l'affaire Merah, lors du second procès, le juge d'instruction a été également entendu. Mais un juge n'a pas le droit de s'exprimer dans les médias pour une affaire dont il a la charge. Il y a, après, le tribunal ou la cour d'assises. À la fin de l'instruction, le juge d'instruction ou le procureur renvoie le dossier devant le tribunal correctionnel. Quand c'est une affaire criminelle, il y a ce que l'on appelle une ordonnance de mise en accusation et on renvoie l'affaire devant la cour d'assises. Là, on passe devant des professionnels qui sont des juges du siège, avec ou sans les jurés. Il n'y a plus de secret d'instruction, mais il y a un secret extrêmement lourd qui est le secret des délibérations.

Le secret des délibérés est absolu. Dans l'affaire Bernard Tapie, à qui l'on reprochait d'avoir bénéficié d'un arbitrage frauduleux, il n'a pas été respecté. L'arbitrage rendu par trois magistrats a fait l'objet d'investigations poussées. Les juges d'instruction et les enquêteurs ont considéré que le secret des délibérés ne leur était pas opposable. Ils ont porté atteinte au secret des délibérés sans que personne n'y trouve à redire. Dans l'affaire Nicolas Sarkozy/Thierry Herzog, dite affaire Bismuth, il est question de recueil d'informations sur une procédure en cours à la Cour de cassation. Les juges en charge du dossier ont fait une perquisition à la Cour de cassation. Elle n'est pas passée inaperçue. Les enquêteurs ont essayé d'avoir accès au délibéré mais tous les magistrats qui ont été entendus comme témoins ont opposé le secret du délibéré pour ne pas s'exprimer sur le contenu de leurs délibérations. Le secret du délibéré n'a donc pas été violé. Il y a une géométrie variable quand il s'agit de protéger les uns ou les autres : les magistrats de la Cour de cassation ont pu s'abriter derrière le secret du délibéré, mais pas les arbitres du contentieux Adidas. On n'applique pas les mêmes règles. Il est normal que le secret du délibéré n'ait pas été violé dans l'affaire dite Bismuth et il est anormal qu'il ait été violé dans l'affaire Bernard Tapie. Les magistrats et les jurés qui délibèrent sont tenus à un secret total. Rien ne les en délie jamais. Le secret est une des composantes de leur liberté. On délibère en sachant que nul autre que ceux qui ont participé ne saura la teneur de ce qui s'est dit. C'est, sinon, un délit passible de prison et d'amende. En novembre 2010, Thierry Allègre avait été tiré au sort pour être juré d'assises à Melun dans une affaire de viol sur mineur. Le chef cuisinier de quarante-quatre ans a estimé que les délibérés ne s'étaient pas déroulés dans de bonnes conditions et qu'il y avait eu des infractions. Il a accusé la présidente d'avoir orienté le vote dans le sens de la culpabilité. Il a passé outre l'article 304 du code de procédure pénale obligeant les jurés à conserver le secret des délibérations et il a donné un entretien au *Parisien* à visage découvert. Le parquet a engagé des poursuites pour violation du secret des délibérés. La cour d'appel de Paris a confirmé la condamnation à deux mois de prison avec sursis. Il avait pourtant agi en conscience.

L'avocat dans la procédure

Durant l'enquête, l'avocat peut être en contact avec le procureur. Il y a une évolution inquiétante des mentalités avec beaucoup de magistrats du parquet qui, par principe, refusent d'être en relation avec les avocats des plaignants ou des suspects. Le système français, mal placé comparé à celui de la plupart des grandes démocraties en termes de moyens, semble correctement situé en termes de qualité. Mais au niveau des relations avocats et magistrats, il reste beaucoup de choses à améliorer. Les rapports entre les avocats et les juges devraient être des relations de confiance. Ils relèvent pourtant davantage de la méfiance et même de la défiance. Si la parole de l'avocat mérite d'être analysée, critiquée, elle doit d'abord être écoutée. La conviction de l'avocat ne compte pas pour le magistrat mais la discussion devrait, elle, l'intéresser. Qu'est-ce que la justice sinon la discussion, le contradictoire ? La justice est le contraire de la voie univoque puisqu'elle est dans la recherche de la vérité. Elle ne peut s'apaiser que dans un consensus certain. La justice, c'est la concorde. Elle consiste en la prise en compte des différents points de vue. Il faut avoir un minimum de sens critique les uns envers les autres, mais il ne faut pas que le niveau soit tel que l'on refuse de s'entendre, de s'écouter. Les relations structurelles entre magistrats et avocats se sont envenimées dans le sens d'une méfiance accrue. L'enseignement diffusé à l'École de la magistrature pendant longtemps en est sans doute la cause. On y a créé un fossé artificiel entre magistrats et avocats. On a fini par éduquer les magistrats dans la crainte, voire le mépris des avocats. Le directeur actuel de l'École de la magistrature, M. Olivier

Leurent, semble faire avancer les choses de manière positive. On ne peut pas aimer la justice sans aimer les avocats, c'est-à-dire sans rechercher la confrontation entre les différentes parties. Durant l'enquête préliminaire, il devrait y avoir des échanges avec le parquet. Dans la réalité, ils sont peu nombreux.

L'avocat contribue souvent à ce que son client reconnaisse les faits sans jamais trahir aucun secret. Les avocats peuvent être des facilitateurs. Quand ils sont dans une position de forte opposition à l'accusation, il faut les écouter. Il y a des procédures où l'on utilise des moyens énormes (temps et argent) et violents (perquisition, garde à vue, écoutes téléphoniques…) pour aller droit dans le mur. Les avocats peuvent faire gagner du temps, de l'argent, et éviter des dégâts humains considérables. Les gens nous prennent pour des mercenaires. Ils se disent qu'on est payés pour faire prendre des vessies pour des lanternes. Il est vrai que nous avons un seul but en tête : la défense de notre client. Les avocats sont des cambrioleurs de cerveaux. Ils s'adressent à quelqu'un qui est toujours sur ses gardes. Plus vous êtes perçu comme bon, plus on se méfie de vous. Les juges sont de plus en plus nombreux à ne pas vouloir parler aux avocats. Ils font valoir le fait qu'ils ne veulent pas être influencés et mettent en avant le principe conventionnel de l'« égalité des armes ». Toutes les parties doivent être à égalité des armes. En réalité, il n'y a aucune égalité des armes. L'argument pourrait s'entendre si la justice était rendue par une intelligence artificielle. Du point de vue humain, c'est désastreux et, en plus, les juges ne s'interdisent pas de parler au parquet. Quand on arrivait au pôle financier de la rue des Italiens à Paris, on trouvait une fois sur deux le juge d'instruction dans son antichambre avec le procureur.

Après, lors de l'instruction, il y a des échanges avec les juges même si certains ne veulent pas communiquer avec les avocats, ce qui est injustifiable. La confiance que peut accorder un juge à un avocat joue un rôle important dans le bon déroulé de la procédure. Les avocats ne sont pas caution de leurs clients. Les juges et les avocats ne sont pas au même niveau d'informations. Le juge n'en dit pas plus que le dossier, mais il en sait plus. Il y a une règle de procédure qui fait que ne figurent au dossier que les actes de procédure qui sont rentrés. Un juge d'instruction demande à ses policiers de faire des actes. Les policiers continuent l'enquête sous son autorité. Les commissions rogatoires ne doivent figurer au dossier que lorsqu'elles sont totalement exécutées. L'avocat se heurte au secret. Le juge sait ce qui s'est passé, pas nous. Par exemple, le juge est au courant du contenu des écoutes téléphoniques, des auditions de témoins, mais pas l'avocat. Le juge en sait toujours plus à cause de cette règle et aussi parce qu'il parle avec ses enquêteurs. Dans sa relation avec le juge, chaque avocat a sa méthode, mais il ne doit jamais violer le secret professionnel. Certains avocats révèlent trop de choses au juge. Ils le font parfois par souci d'efficacité mais, en vérité, ils n'ont pas à le faire. La vraie ligne de partage entre les avocats pour qui j'ai du respect et les autres se situe exactement là. Il faut fuir la relation personnelle avec le juge car nos fonctions sont radicalement différentes. Le juge va forcément être gagnant de cette relation. Il a le pouvoir de décision quand nous n'avons que le droit de taper du poing sur la table. Avec ou sans sourires, le rapport avocat et magistrat s'avère toujours un rapport de force. Il peut être respectueux et silencieux comme il peut être irrespectueux et bruyant. La bonne justice arrive à concilier les positions de toutes les parties et, même si elle donne tort à une partie, elle doit être comprise même par ceux à qui elle donne tort. Durant cette guerre de position, l'avocat peut prendre du recul par rapport à la version d'un client, mais il ne peut jamais violer le secret de ce qui lui a été confié en le révélant, même partiellement, au juge.

Je fais attention à recevoir des clients sans qu'aucun nom sur un dossier ne soit visible. Les avocats sont tenus au secret professionnel et non au secret de l'instruction. Quand on veut poursuivre un avocat qui a violé le secret de l'instruction, on le fait en utilisant la formule suivante : « étant soumis au secret professionnel, ayant violé le secret de l'instruction ». Dans la pratique, il est naturel et normal qu'un avocat s'exprime dans le cadre d'une instruction en cours. La violation du secret de l'instruction consiste généralement en des informations livrées à des tiers ou dans des pièces qui sont remises et qui n'ont pas à l'être. Les avocats ne sont pas, en principe, en relation avec les enquêteurs. Les avocats et les policiers ne se connaissent pas, ne communiquent pas entre eux. Les policiers ont été rétifs à l'entrée des avocats dans les commissariats mais, dans la majorité des cas, les choses se passent bien. Idéalement, il faut une étanchéité, et non une rigidité, la communication doit rester possible.

Les atteintes faites au secret professionnel dans le cadre d'affaires judiciaires ne se résument pas au seul filet dérivant qui permet à un juge d'instruction, un magistrat du parquet, des enquêteurs d'avoir accès à la défense à travers les écoutes téléphoniques non pas de l'avocat mais de son client. De graves atteintes au secret professionnel sont aussi réalisées à l'occasion de perquisitions chez les avocats. On devrait recourir à de tels procédés uniquement pour les cas où la participation d'un avocat à une infraction est largement présumée. Dans la pratique, il n'en va pas ainsi. Certains magistrats instructeurs multiplient, de manière souvent inutile, ce type de perquisitions. Mais en réalité, au-delà du caractère humiliant et vexatoire dans lequel ces perquisitions sont le plus souvent menées, les magistrats tentent ainsi d'atteindre le secret de la défense d'un avocat.

J'ai été l'avocat, avec mon ami Éric Dezeuze, de Guy Wildenstein, fils de Daniel Wildenstein, dans une affaire de présomption de fraude fiscale de plusieurs centaines de millions d'euros. La relaxe générale a été confirmée en appel, un pourvoi en cassation est en cours. La famille de marchands d'art était accusée d'avoir dissimulé, lors des décès de Daniel (2001) et de son fils aîné Alec (2008), la majeure partie de leur fortune. Il y a eu un grand nombre de contentieux civils entre la veuve de Daniel Wildenstein et ses fils. À cette occasion, mon client était assisté par un autre avocat intègre et efficace. L'avocat n'avait pas participé au moindre montage fiscal et n'avait pas donné le moindre conseil concernant des trusts. Les magistrats instructeurs, assistés de nombreux policiers de la brigade financière, ont néanmoins fait une perquisition en masse dans son cabinet. Ils ont saisi l'ensemble des notes, des échanges entre le cabinet et le client, pour tenter de nourrir un dossier pénal. Ces saisies ont été contestées devant le juge des libertés et de la détention. Mais un grand nombre de ces documents fut considéré comme étant susceptible de figurer au dossier de la procédure. La réalité : on porte atteinte au secret professionnel non parce qu'un avocat est suspecté, mais parce qu'on cherche des preuves manquantes. Les soupçons ont beau être la plupart du temps fictifs, l'avocat vit dans la crainte de poursuites éventuelles. Dans l'affaire Wildenstein, l'avocat qui a été entendu préalablement à cette perquisition n'a même jamais été reconvoqué, ne serait-ce qu'en qualité de témoin. Cela n'a pas empêché qu'il soit traité de complice pour justifier devant le juge des libertés une perquisition absolument injustifiable.

Dans la lecture d'un dossier, le moment fort est celui où vous trouvez une pépite, c'est-à-dire une pièce dont vous pouvez faire usage. C'est le tournant du match. Il peut aussi s'agir d'un élément qui éclaire le dossier d'une lumière nouvelle. Dans l'affaire Maurice Agnelet, ancien avocat accusé d'avoir assassiné sa maîtresse Agnès Le Roux, je défendais la famille de la victime. Une perquisition a été menée au domicile de l'accusé, à Chambéry, bien après la fin de l'instruction. Les enquêteurs ont scanné ses ordinateurs. Maurice Agnelet était un littéraire, je suis tombé, parmi des dizaines et dizaines de citations, sur cette phrase extraite des *Justes*, de Camus: «J'ai choisi d'être innocent.» J'ai alors compris des choses que je n'avais pas saisies auparavant. Cette phrase, c'était lui. Le déni absolu, le refus de la confrontation avec la vérité, le choix de l'innocence factice. J'ai terminé ma plaidoirie en y faisant référence. Mais ces moments d'études préparatoires ne sont pas sereins. Ils sont sources d'inquiétude. Le travail de l'avocat n'a de sens que s'il s'immerge dans le dossier de manière pragmatique. Quand on lit le dossier ainsi, on en a une vision et une version noires. On se met dans la perspective du pire. La lecture des dossiers provoque des moments heureux, fébriles, inquiets. La vraie joie existe, mais elle est rare. Je souffre à la lecture d'un dossier car j'épouse le plus souvent les faits que l'on reproche à mon client. Je me trouve comme porteur des fautes dont on l'accuse. J'ai mis du temps à comprendre que j'avais besoin d'endosser ce qu'on lui reprochait pour ensuite mieux m'en libérer. J'éprouve la nécessité de trouver un axe qui légitime ma position. J'ai besoin de penser que j'ai raison. Il me faut un raisonnement gagnant. Quand on me confie un dossier, je sais tous les espoirs que l'on investit en moi. La seule façon de me libérer de ce fardeau psychologique et moral qui tombe sur mes épaules consiste à trouver cet axe gagnant. Quand je l'ai trouvé, je ne pense pas que l'on va gagner, mais je me dis que l'on peut gagner. Il est nécessaire de tenir cet axe confidentiel par rapport à la partie adverse. Le secret est sacré. Il est une composante de la défense, il en est même le socle. L'avocat est entièrement du côté de son client.

Dans les pays anglo-saxons, où l'avocat doit contribuer à la vérité, le rapport entre l'avocat et le client en est totalement modifié. Le secret n'est plus sacré. L'avocat se retrouve en charge de son propre intérêt, si jamais il entend des vérités de la part de son client. En France, l'avocat a énormément d'obligations déontologiques, mais il a au pénal une liberté absolue, même par rapport à la vérité. Nous ne sommes pas mêlés à la recherche de la vérité donc nous bénéficions d'une grande liberté par rapport aux gens que nous défendons. Nous ne sommes pas bridés dans l'exercice de notre métier. Un avocat doit conserver le droit de tout entendre, sans dénoncer ses clients. Quand j'étais jeune, je fantasmais sur les procès et les avocats américains. J'ai commencé tôt à comprendre que les règles de la justice américaine transformaient d'abord les avocats en policiers. Les avocats américains prêtent serment d'allégeance à la vérité. Ils sont non pas des auxiliaires de justice, mais des auxiliaires de la vérité. Ils commencent par vouloir toute la vérité de leurs clients et les soumettent, qu'ils soient victimes ou suspects, à des interrogatoires sans complaisance. Ils en arrivent très souvent à conseiller à leurs clients de ne pas s'exprimer, afin de pas se retrouver accusés de faire obstacle à la vérité, voire d'être complices d'un mensonge. Il y a bien sûr d'autres motifs pour lesquels les accusés américains utilisent si souvent le droit au silence, mais j'ai constaté à de nombreuses reprises que cette raison-là prédomine. C'est d'ailleurs d'une grande hypocrisie : les avocats connaissent la vérité, ils ont le droit de la combattre, mais pas de participer au mensonge.

Le contrepoint est l'histoire de Dominique Strauss-Kahn et de Nafissatou Diallo. Kenneth Thompson, avocat de Nafissatou Diallo, menait une campagne terrible contre Dominique Strauss-Kahn. L'ancien directeur général du FMI a obtenu son non-lieu car Kenneth Thompson a appelé le procureur, Cyrus Vance, pour prendre rendez-vous avec lui et l'adjointe du procureure qui avait entendu Nafissatou Diallo au début de l'enquête. L'avocat lui a alors révélé que sa cliente avait menti en racontant qu'elle avait été victime de viols en réunion dans son pays d'origine. Elle avait mimé une scène qui n'avait en fait jamais eu lieu. Elle avait tout inventé. L'adjointe du procureur était présente quand elle avait inventé cette scène, indiquant les endroits de son corps qui avaient été violentés, avec des sanglots. C'est l'histoire : le propre avocat de la victime est allé dévoiler au procureur le mensonge de sa cliente.

La France est un pays qui a une grande culture de

la défense. En revanche, j'ai appris malheureusement trop tard que cette culture de la défense, qui est une force des avocats français, n'était pas toujours partagée par les avocats anglo-saxons. Il peut leur arriver d'avoir à communiquer des éléments, des pièces, qui vont à l'encontre des intérêts de leurs propres clients. Ces clients ne peuvent pas toujours leur faire les mêmes confidences qu'à un avocat français. Les uns ne sont pas plus vertueux ou moraux que les autres, mais il y a moins d'hypocrisie chez nous. Nous devons concilier nos obligations déontologiques et la défense absolue de nos clients. En France, l'avocat qui irait dévoiler un mensonge de son client se mettrait en faute en violant le secret professionnel. En Amérique, la contribution à la vérité est supérieure au secret professionnel. Pourquoi mon client avoue-t-il soudainement le caractère mensonger de ses propos ? Il pense peut-être qu'il ne pourra pas continuer à mentir sur toute la longueur du procès, par exemple. Je peux alors le convaincre d'arrêter de mentir mais, en aucun cas, je ne vais le dénoncer au procureur. Je ne juge pas les gens. Je tente de prendre les choses avec humanité. Si vous pensez un seul instant qu'un avocat peut ou doit vous dénoncer après ce que vous lui avez confié, alors vous ne lui racontez rien. Quand on est dans la tourmente, il est nécessaire d'avoir au moins une personne capable de vous aider et à qui l'on peut parler librement, sans jugement et sans risque de dénonciation. L'existence de ce métier est consubstantielle au secret professionnel. Ce respect du secret est la colonne vertébrale de la profession. Le secret, c'est le respect de la justice, du client. Il faut non seulement garder le secret sur les confidences que l'on recueille, mais aussi sur le sentiment que l'on éprouve pour un client. Il ne faut rien laisser transparaître de ce que l'on sait, de ce que l'on ressent. Il ne s'agit pas d'entrer dans les ordres, ni de faire preuve d'intégrisme. Je parle sans cesse de mon métier, mais je sais parfaitement ce que je peux dire et ce que je ne peux pas dire. Les relations avocats et magistrats seraient renforcées si le secret professionnel de l'avocat était respecté de manière absolue. Les magistrats ne perdraient rien. La justice y gagnerait beaucoup.

Les cas de conscience

Les Français se font aussi une idée de la justice à travers les séries policières. *Engrenages* est une excellente série, mais elle véhicule une image négative du métier d'avocat. Elle est conseillée par une pénaliste de terrain, Clarisse Serre, qui m'assure que c'est une image proche d'une certaine réalité d'aujourd'hui. Les intrigues d'*Engrenages* ne correspondent pas à ce que j'ai connu et vu de la profession. Je n'ai pas enduré de conflits de loyauté avec mes clients. La conduite à tenir m'est toujours apparue clairement. La relation de confiance doit être réciproque. Prenez ce que l'on appelle les « puissants ». Les puissants mis en cause se font traîner dans la boue par tout le monde. Ils ont avec leur avocat une petite oasis de paix. Je leur dis souvent qu'ils doivent garder la tête haute. C'est simple, mais c'est vrai. Aucun conflit de loyauté : je suis de leur côté. La relation est si personnelle entre avocat et client qu'on peut être amené à entendre des choses qu'on ne voudrait pas entendre. Je mets à part les rodomontades car sinon on ne vivrait plus. Je n'ai pas enduré de conflit de loyauté, mais j'ai connu un cas de conscience. Il y en a un, qui m'a longtemps poursuivi.

À mes débuts d'avocat, à Versailles, je suis commis d'office par Monsieur A. Mon client est une sorte de receleur professionnel yougoslave. Je le défends en correctionnelle. Monsieur A m'envoie des clients de la prison. Il devait sans doute trouver que je l'avais bien défendu. Le temps passe. Je me retrouve avocat à Paris, avec une clientèle de pénaliste, dans un cabinet que je partage avec Thierry Herzog. La salle d'attente est bondée, les gens viennent à l'improviste. Je me souviens d'avoir ouvert la porte de mon bureau et de m'être retrouvé face à la moitié de la salle en prière, tournée vers La Mecque. Un jour, je vois Monsieur A dans la salle d'attente. Je le fais entrer dans mon bureau. Il me dit : « Maître, j'aimerais avoir votre avis. Je passe chez vous et, après, j'ai rendez-vous pour qu'on me paie afin que j'exécute un contrat. » Je réplique : « Quel type de contrat ? » Il me redit : « Un contrat, Maître. » Je lui rétorque, ahuri : « Vous êtes en train de me dire que vous allez assassiner quelqu'un et vous me demandez mon avis ? Vous voulez que je vous conseille d'aller tuer quelqu'un ? » Il me répond : « Je dois tuer Madame B. » Madame B était, à l'époque, une personnalité médiatique appréciée du grand public. Je me décompose : « Mais, non, vous n'allez pas tuer Madame B. » Monsieur A quitte mon cabinet, sans que je sache ce qu'il comptait réellement faire. J'ai du mal à le croire, mais il avait l'air si sérieux que j'appelle Henri Leclerc pour lui demander conseil. J'étais ligoté par le secret professionnel. Je ne pouvais pas le signaler à la police. Henri Leclerc me conseille d'écrire mon histoire et de la déposer au bâtonnier pour laisser une trace horodatée. Ce que je fais. Je ne dors plus : si jamais Madame B se fait assassiner, j'aurai une mort sur la conscience, et alors, le fait d'avoir respecté ou non le secret professionnel ne pèsera rien face à ma culpabilité. D'un autre côté, je ne me vois pas dénoncer anonymement mon client. Le délit d'intention n'existe pas. À quoi cela aurait-il servi ? Je me retrouve le lendemain à huit heures du matin à la prison de la Santé. Avant que les clients descendent, je croise l'avocat Francis Szpiner. Il ne me trouve pas dans mon assiette. Je lui raconte mon histoire : « Un mec est venu me voir pour m'annoncer qu'il allait tuer quelqu'un. » Il me rassure en me certifiant que cela n'avait aucun sens puis il ajoute aussitôt : « À moins que cela ne soit Madame B. » J'ai failli m'évanouir. Un des clients de Francis Szpiner avait passé la nuit avec Madame B dans un grand hôtel. Il lui avait offert des bijoux. Elle s'était moquée de lui et il s'était promis de la faire assassiner. J'ai prié chaque jour pour que

Madame B ne meure pas. J'ai suivi ses faits et gestes dans les médias. L'histoire m'a poursuivi durant des années. J'avais hésité à trahir le secret professionnel vis-à-vis de mon client, tant tout me semblait dérisoire à côté d'une vie humaine. Je ne suis plus avec attention la vie de Madame B, je sais simplement qu'elle vit toujours, elle a aujourd'hui plus de quatre-vingts ans.

Il n'est pas toujours évident, face à des cas de conscience ou à une importante pression médiatique, de respecter le secret professionnel. Pour certains avocats, il s'agit d'un douloureux apprentissage. Jonathann Daval a avoué avoir tué son épouse Alexia Fouillot en 2017. Son ex-avocat a été poursuivi en justice pour violation du secret de l'instruction. Maître Randall Schwerdorffer aurait révélé des informations couvertes par le secret de l'instruction à la mère d'Alexia Fouillot. Le parquet de Besançon décide le 16 janvier 2019 d'ouvrir une enquête pour violation du secret de l'instruction afin de savoir qui a raconté aux médias le déroulement des confrontations entre la famille d'Alexia Fouillot et son mari en décembre. Les avocats ne réclament pas l'impunité. J'ai défendu beaucoup d'avocats, dont un pénaliste bien connu dans une affaire emblématique des années 80. Il a été incarcéré car il avait transmis par téléphone les éléments sensibles d'un dossier à un client en fuite, sans aucun intérêt professionnel ou financier. Il l'avait sans doute fait pour se libérer de la pression d'un client qui ne le lâcherait pas. Cet homme a ruiné une vie professionnelle prometteuse en une conversation. Peut-être ai-je considéré, à une certaine période de ma vie, que les avocats pouvaient bénéficier d'une quasi-impunité légitime. J'ai fini par admettre qu'il ne peut pas y avoir d'impunité pour les avocats dans l'exercice de leur métier. Nous sommes face à un équilibre fragile : il ne faut pas qu'il y ait d'immunité pour les avocats, mais il faut qu'il y ait liberté absolue dans l'exercice de la défense. Il existe un danger car il y a une forme d'acceptabilité de moins en moins grande de l'avocat par la justice et, en même temps, une forme de pouvoir de plus en plus grand de l'avocat dans la procédure et la société. S'agissant de l'avocat de Jonathann Daval, j'ai été autant surpris par ses propos en garde à vue que par les confrères qui lui sont tombés dessus. Je pense que ce qu'il a dit n'était pas opportun, mais les poursuites judiciaires m'ont semblé disproportionnées. Je trouve qu'il ne méritait pas d'être poursuivi. Il a été finalement relaxé en février 2020 par le conseil de discipline des avocats. Randall Schwerdorffer a été maladroit et il a fait l'apprentissage du métier d'avocat face aux médias dans une affaire surmédiatisée. Dans cette histoire, le secret de l'instruction a été violé à de multiples reprises tout au long de l'enquête et dès le début. Je n'ai aucune leçon professionnelle à lui donner. Je me souviens d'un avocat sur BFMTV qui lui faisait la morale, lui enjoignant de fuir les micros et de se mettre au travail, sans s'apercevoir qu'il était en train de faire le contraire de ce qu'il disait devoir faire. Il s'agissait évidemment d'un spécialiste de la médiatisation intensive de ses dossiers et de la violation du secret de l'instruction.

Voici maintenant un cas typique des procédures judiciaires et de la violation du secret d'instruction. Il s'agit de l'affaire qui a opposé le milliardaire russe Dmitri Rybolovlev, mon client, à Yves Bouvier. À l'époque des faits, Yves Bouvier est le détenteur des ports francs de Singapour et de Genève. Il est accusé d'avoir commis une escroquerie monumentale en surfacturant à hauteur d'un milliard d'euros des œuvres d'art vendues à des entités détenues, en partie, par Dmitri Rybolovlev. Un épisode incroyable aura lieu : l'avocate de Dmitri Rybolovlev, à l'époque, Tetiana Bersheda, va remettre son téléphone portable à un juge d'instruction car elle a enregistré en 2015, à l'insu des protagonistes, une conversation à laquelle a participé une intermédiaire lors de ventes de tableaux. L'intermédiaire était une proche de son client. Dans son esprit, elle remettait son téléphone pour que l'intégrité de la conversation soit vérifiée, et uniquement cela. Le juge d'instruction, finalement, à l'aide d'une expertise, reconstituera tous les échanges avec mails et sms sur une très longue période. Ces échanges feront apparaître entre cette avocate et divers interlocuteurs de la procédure judiciaire des relations suspectes. Ces relations ne méritent, selon moi, aucune qualification pénale. Yves Bouvier et ses conseils envisageront la possibilité que l'exploitation du téléphone portable soit annulée car il existe un risque d'atteinte au secret professionnel. Ces échanges vont donc être transmis à la presse. Mediapart va les publier. Le blanchiment d'informations susceptibles de relever d'une atteinte au secret professionnel était ainsi réalisé. Deux points : non seulement des échanges qui n'auraient jamais dû figurer à la procédure judiciaire s'y retrouvaient mais, en plus, le simple fait que ces échanges soient publiés rendait la possibilité que nous puissions faire annuler cette expertise totalement illusoire. Le scandale provoqué par la publication de ces échanges mettait la justice face à une difficulté majeure. Comment aurait-on pu comprendre que ces échanges ne figurent plus à la procédure, alors qu'ils avaient été publiés ?

Le respect du secret de l'instruction et celui de la présomption d'innocence sont des principes qui existent dans un monde idéal. Un monde irréel où l'on n'aurait pas accès à l'information tant que la procédure n'aurait pas atteint un stade public. Dans les faits, le secret de l'instruction est malheureusement continuellement violé. Les avocats, les mis en examen, les parties civiles ne sont pas tenus au secret de l'instruction. Si je suis mis en examen, j'ai le droit de m'exprimer publiquement. En revanche, je n'ai pas le droit de transmettre la copie d'un procès-verbal. Tout l'équilibre de la procédure pénale consiste à donner autant de droits aux différentes parties afin qu'il y ait « égalité des armes ». L'accusation et la défense doivent être à égalité. Il y a égalité des armes et présomption d'innocence en théorie mais, premièrement, dans la phase d'enquête et d'instruction les enquêteurs ont un coup d'avance et, deuxièmement, tout dans le fonctionnement pénal est une atteinte à la présomption d'innocence. Il est normal que les enquêteurs gardent des atouts dans leur manche. Le premier point est donc compréhensible, mais le second est inacceptable. Le mécanisme de la procédure pénale, par rapport au secret ou au droit, est une forme d'hypocrisie. Il tente d'atténuer sa violence nécessaire et naturelle pour la rendre supportable. Il suffit de penser à la réforme de Michel Sapin, en 1993, où l'on a abandonné le terme d'« inculpé » pour passer à celui de « mis en examen ». Ce glissement sémantique n'a pas changé la fantasmagorie publique faisant d'un « mis en examen » un simple « inculpé » présumé coupable. Il est d'ailleurs curieux de constater que les journalistes, pour sembler respecter la présomption d'innocence, parlent du « présumé violeur ». Ils sont là dans l'inverse du respect de la présomption d'innocence. Le contrôle judiciaire et la détention provisoire sont perçus comme des signes évidents de culpabilité par l'opinion. Dans tous les systèmes du monde, on retrouve ces deux bémols : on ne peut pas enquêter en donnant au suspect un accès entier aux investigations et sans attenter au droit des personnes poursuivies. Le secret de l'instruction a aussi ses mauvais côtés. Il peut alimenter les fantasmes. Si je sais que M. Dupont est mis en cause, sans avoir accès au dossier de l'instruction, je peux nourrir toutes sortes de spéculations à son propos.

Il est donc nécessaire de repenser le secret de l'instruction puisqu'il n'est pas respecté. On a pensé à des « fenêtres d'exposition publique » qui pourraient être le fait du procureur. Cela me semble insuffisant. On doit composer avec le monde dans lequel on vit. Il faut innover. On peut être pour la suppression du secret de l'instruction, mais cela ne peut en aucun cas signifier que tout le monde ait un accès libre et entier au dossier. Si l'on supprime le secret de l'instruction, il faut que la conduite des investigations ne soit pas gênée et il faut préserver le peu qui reste de présomption d'innocence et de respect des droits de la vie privée des suspects et des victimes, de la partie civile. On a l'impression que les victimes, de plus en plus, s'expriment publiquement, mais elles ne le veulent pas toutes, loin de là. Il ne faut pas réduire la justice à son expression médiatique. Il existe beaucoup de victimes qui préféreront ne pas porter plainte. Elles estimeront pouvoir mieux s'en sortir dans le déni ou sans avoir recours à la justice. On ne peut pas juger de leur choix. Il n'y a pas de vérité humaine absolue, il n'y a pas *une* vérité humaine. On peut porter plainte trente ans après les faits et être dans la vérité, comme on peut ne pas vouloir porter plainte et être dans sa vérité en souhaitant que cela ne soit jamais rendu public.

Le non-respect du secret de l'instruction ne peut plus être sanctionné à cause du secret des sources. Le respect du secret des sources doit prévaloir sur la répression des atteintes au secret de l'instruction. Pour repenser le secret de l'instruction, il existe plusieurs pistes, par exemple l'anonymisation des victimes, ou la collaboration du parquet avec les médias afin qu'ils gardent le silence un temps choisi. Le secret pourrait être préservé au tout début d'une enquête, car moins il y a d'intervenants, moins il y a de chances de fuites. Nous sommes dans une chaîne pénale avec énormément d'intervenants. Les avocats fuitent beaucoup. Les policiers sont une source majeure. Le parquet est une source trop importante. Les juges, une source mineure. Un cas cependant est emblématique : le juge Maurice Simon avait repris l'affaire Grégory, en 1987, à la suite du premier juge d'instruction, Jean-Michel Lambert. Il a tenu un temps les médias éloignés, après en avoir dénoncé le fonctionnement. Le juge Simon donne un premier entretien, en septembre 1989, à Paul Lefèvre sur La Cinq. Il évoque la possibilité qu'il y ait plusieurs coupables. Il reçoit un blâme. Le juge Simon accepte ensuite, en octobre, de s'entretenir avec l'hebdomadaire *Le Nouveau Détective*. L'interview n'est pas censée paraître, les propos auraient été tenus en off. L'article paraît. Le juge Simon y parle de la possible culpabilité de Bernard Laroche. L'avocat de la famille Laroche demande le dessaisissement du juge. Le juge Simon est assigné à comparaître devant la cour d'appel de Dijon en 1990. Il est destitué du dossier. Dans l'affaire Grégory, l'attitude du juge et le fait que les journalistes ont tout rendu public ont nui au bon déroulé de l'enquête.

Dans certains systèmes judiciaires, le procureur de la République ou un magistrat peuvent demander aux journalistes de garder le silence durant un temps déterminé. La collaboration de la justice et des médias n'existe ni dans nos textes, ni dans nos mœurs. Il arrive pourtant que des sources judiciaires et policières appellent les journalistes à la discrétion et à la discipline. Dans d'autres pays, cela fonctionne. Dans un article du *Monde* de janvier 2020, une journaliste raconte la manière dont la justice britannique a condamné, dans le secret absolu, Reynhard Sinaga à la réclusion à perpétuité. L'homme de trente-six ans était coupable d'avoir drogué et violé au moins quarante-quatre hommes en deux ans et demi. Deux secrets, l'un brisé et l'autre scellé. Fallait-il prévenir les victimes qui, à cause de la drogue administrée à leur insu, n'avaient pas conscience d'avoir été violées ? La police décide de les prévenir et de les encadrer psychologiquement. Fallait-il faire de la publicité autour de cette affaire hors norme ? La cour de Manchester a tenu quatre procès d'affilée, entre mai 2018 et décembre 2019, dans la plus grande discrétion. La presse a été priée de ne rien révéler afin que d'autres victimes puissent être identifiées et afin que les jurés ne soient pas influencés d'un procès à l'autre. Le droit britannique veille à ce que les médias ne viennent pas perturber le cours d'un procès. L'affaire sera révélée, une fois le verdict prononcé. Les médias britanniques ont parlé du fait divers en boucle durant quarante-huit heures puis ils sont passés à autre chose.

Il existe dans plusieurs systèmes anglo-saxons le *gag order*: un juge a la possibilité d'interdire aux médias la divulgation de certains éléments figurant dans la procédure ou liés à une enquête en cours. Le *gag order* ne serait pas admissible en France. Il serait considéré, à juste titre, comme une atteinte à la liberté d'expression. Toutefois il y a, sans doute, une réflexion à en tirer sur la responsabilisation éditoriale des médias dans le traitement et la publication d'éléments liés à une enquête en cours ou à une procédure judiciaire. Je ne suis pas favorable à la création d'un ordre des journalistes, mais la culture journalistique doit s'accompagner d'une responsabilité plus grande que celle que nous constatons aujourd'hui. En Grande-Bretagne, on a même vu des verdicts annulés, le juge considérant que l'écho médiatique avait influencé le jury populaire qui devait statuer sur ce cas. Dans une affaire retentissante, la cour d'appel a annulé le procès de deux sœurs accusées du meurtre de la femme de l'amant de l'une d'entre elles. Non seulement le procès a été annulé, mais la cour a pu décider qu'en raison des constats qu'elle avait pu faire sur le traitement médiatique de l'affaire, aucun nouveau procès ne pourrait se tenir. Il ne s'agit pas d'un cas transposable à la culture française. Cependant, combien de procès dans le passé ont été ravagés par les déferlements médiatiques qui les ont précédés et entourés ?

On ne reculera plus, la liberté d'expression est trop précieuse, la demande d'information du public trop forte. Mais il faut savoir et pouvoir concilier ces notions essentielles avec le respect de la vie privée et les droits fondamentaux des personnes mises en cause. Sans autocritique et amélioration du fonctionnement des médias, je crains que la seule solution soit l'aggravation des montants financiers des condamnations des médias dans les cas les plus graves d'atteinte à la présomption d'innocence ou de diffamation.

Troisième partie

AVOCATS ET MÉDIAS

La responsabilité des médias

On peut être un avocat médiatique et respectueux du secret, comme on peut être un avocat non médiatique et violer le secret professionnel à tort et à travers. Les avocats qui violent le secret le font de manière non frontale. Il y a deux choses qui vont de pair : les avocats qui ne respectent pas le secret professionnel et les avocats qui ne défendent pas leurs clients en dehors des prétoires. Ce sont généralement les mêmes. On ne peut pas tenir un discours public et un discours privé. Les vrais avocats ne se livrent jamais à un double discours. Je ne fais pas de off avec les journalistes. Si je fais du off, et que cela sort dans la presse, je suis alors l'unique responsable. J'ai eu tort de dire ce que je ne devais pas dire. Je fais de moins en moins d'interviews montées. Je préfère le direct. Je n'ai aucune confiance dans les journalistes. Ils sont, comme les avocats, des gens qui adorent leur métier. Ils en possèdent tous les travers. Les journalistes trahissent par définition.

Regardez Franz-Olivier Giesbert. Il fréquente les politiques puis il les trahit. Il se livre à un arbitrage entre ce qu'il doit à un proche ou un ami et ce qu'il doit aux lecteurs. Il tranche en faveur de son métier. Les journalistes Maurice Szafran et Nicolas Domenach ont écrit un livre intitulé *Off. Ce que Nicolas Sarkozy n'aurait jamais dû nous dire*, et tout le monde a trouvé cela normal. Le titre est pourtant la négation même du off. À titre personnel je ne dis rien car je ne négocie jamais avec des journalistes. Je n'ai de dette vis-à-vis de personne. Je n'ai pas été nourri par cet échange-là avec les médias. Quand j'ai débuté dans le métier, l'accès permanent et évident des journalistes aux avocats était bien moindre que de nos jours. J'ai commencé à avoir des affaires médiatiques au bout d'une dizaine d'années. Je considère le journalisme comme un grand métier. Je me souviens encore des chroniques judiciaires de Frédéric Pottecher et j'ai notamment défendu Denis Robert dans l'affaire Clearstream. Il était accusé d'avoir détenu des fichiers détournés par un jeune auditeur de la chambre de compensation Clearstream. Il savait que les fichiers avaient une origine frauduleuse. Le recel était donc établi. Le tribunal a reconnu sa bonne foi, au sens de l'article 10 de la Cour européenne des droits de l'homme qui protège les journalistes. Denis Robert a été relaxé. Lorsque je porte plainte pour violation du secret de l'instruction, je veille à ne pas viser les journalistes car je considère que posséder des informations fait partie de leur métier, quelle que soit l'origine de ces informations.

Mais le non-respect des règles les plus élémentaires par les journalistes peut entraîner des catastrophes humaines et judiciaires.

Le cœur du métier de journaliste est de chercher la vérité, d'enquêter, de publier des informations qui servent l'intérêt général. Les conséquences peuvent être dramatiques sur les mis en cause, l'entourage, les victimes. Les journalistes perçoivent ces dégâts comme un mal inévitable. Il y a des cas où cette balance, entre l'importance de l'information et l'impact de l'information, devrait remettre en cause la nécessité de la publication. L'affaire Dominique Baudis est emblématique à ce sujet, mais j'ai de nombreux exemples où l'intérêt de la révélation au public confronté aux ravages dans la vie privée de la personne concernée aurait mérité que les journalistes révisent la décision de publier l'information qu'ils détenaient. On a tous entendu l'histoire de l'homme qui a assassiné sa femme et de l'avocat qui plaide : « Rendez un père à ses enfants ! » Elle a un fond de vérité. L'épreuve de la prison est souvent plus dure à vivre pour l'entourage que pour l'accusé lui-même. Des avocats aux journalistes, tout le monde le sait : la responsabilité de publication est importante car, une fois qu'une information est publiée, le mal est irrattrapable. Même un juge peut être influencé par ce qu'il a lu dans la presse. C'est une évidence. Mais si les journalistes avaient sans arrêt en tête ce dilemme, ils seraient sans doute trop inhibés dans leur métier. Il en va d'ailleurs de même pour les avocats. Il faut être pénétré par la douleur des victimes, mais pas seulement, car sinon on ne peut pas faire son métier comme il se doit. Les journalistes doivent être protégés de toutes les pressions extérieures, y compris morales. Dans le journalisme d'investigation, la compétition a toujours été âpre, elle l'est désormais plus que jamais car les règles du jeu ont changé, elles se sont durcies. On n'est plus dans la rapidité, on est dans l'immédiateté. Il faut à tout prix être le premier et pouvoir se prévaloir d'une exclusivité. Dans les affaires sexuelles, en défendant la personne accusée, il m'est souvent arrivé de me battre pour défendre le secret de l'identité de la partie civile. Je ne le faisais pas dans l'intérêt de celui que je défendais, mais par respect pour la victime et pour le secret de la vie privée.

J'ai déjà employé l'expression de « tribunal médiatique ». On me l'a reprochée, je l'assume. Elle me paraît conforme à la réalité. Il y a non seulement un tribunal médiatique, mais il est de plus en plus puissant. Chaque citoyen devient un média. J'entends par « tribunal médiatique » un jugement rendu par les médias et pour les médias en dehors ou avant toute poursuite et condamnation judiciaire. Il y a des enquêtes de journalistes qui sont des enquêtes engagées, partiales et répétitives. On ne peut pas empêcher un journaliste d'avoir une conviction. La seule chose qu'on puisse exiger de lui est de ne pas gommer des éléments qui n'iraient pas dans le sens de ses préjugés. C'est un fait : dans beaucoup d'articles, je lis non des expositions de situations, mais des points de vue. Les journalistes oublient trop souvent que ce n'est pas à eux mais aux faits de tenir le premier rôle.

Je me suis occupé de l'affaire John Malkovich. Les journalistes Gérard Davet et Fabrice Lhomme, du *Monde*, ont été condamnés le 7 octobre 2016 pour diffamation, après avoir attribué à l'acteur John Malkovich un compte caché en Suisse dans une filiale de la banque HSBC. La condamnation a été confirmée par la cour d'appel de Paris. J'ai plaidé l'affaire de diffamation, ce que je fais rarement. J'ai été passionné par cette affaire non à cause de la célébrité de l'acteur John Malkovich mais à cause de la légèreté de l'enquête de deux journalistes, incapables de reconnaître leurs erreurs et leurs responsabilités. Ils ont été absents au procès alors que leur présence était souhaitée par le tribunal. En voulant faire la preuve d'une vérité diffamatoire, les deux journalistes ont fourni une seule pièce... qui démontrait que le compte détenu légalement en Suisse par mon client avait été clôturé avant la création de la banque HSBC Private Banking dont ils avaient exploité le listing. Ils ne s'en étaient même pas aperçus, ne connaissant visiblement pas cette date de création dans ce qu'ils qualifient eux-mêmes d'« enquête mondiale d'une ampleur et d'une portée exceptionnelles ». La Cour de cassation n'a pas permis la publication de cette condamnation à la une du journal *Le Monde*, contrairement à ce qu'avaient décidé le tribunal correctionnel et la cour d'appel de Paris. Les champions de France, voire du monde, de l'investigation ont évité cette humiliation mais ils ont été lourdement condamnés.

Les différents journalistes

Il y a autant de journalismes que de journalistes. J'exagère à peine. Dans notre profession, il faut distinguer les journalistes d'investigation des chroniqueurs judiciaires, qui suivent les procès et forment un monde à part. Le plus souvent, ils n'ont pas suivi les affaires en amont. Les chroniqueurs judiciaires font des comptes rendus des procès. Dans l'ensemble, ils sont des partenaires. Ils n'attendent pas grand-chose de nous. Chaque chroniqueur a ses qualités, mais ils sont en majeure partie honnêtes et loyaux dans la manière dont ils relatent les procès. Il m'arrive de lire des comptes rendus d'audience avec lesquels je ne suis pas d'accord, mais il s'agit simplement de leur perception du dossier. Si j'ai des mouvements d'humeur, ils passent vite. Certains chroniqueurs ont contribué à ma vocation, comme Frédéric Pottecher, Madeleine Jacob, Jean-Marc Théolleyre. Dans les procès longs, ils peuvent devenir des éclaireurs quand ils ont une vision à la fois juste et différente des audiences. Dans le procès Maurice Agnelet, en 2007, dans les Bouches-du-Rhône, j'avais en tête une tactique précise à avoir vis-à-vis de lui. Je comptais faire exactement le contraire de ce qu'avait fait Georges Kiejman. Ne pas être dans le bras de fer avec lui, ne pas essayer de prendre le dessus. Le premier jour du procès, le président pose généralement une seule question à l'accusé qui revient à : « Plaidez-vous coupable ou plaidez-vous non coupable ? » Là, le président d'assises lui adresse, en toute fin d'audience, une question inattendue pour tout le monde : « Qu'avez-vous fait le week-end de la Toussaint 1977 ? » C'était la date présumée de la disparition et de l'assassinat d'Agnès Le Roux. Maurice Agnelet se lance dans une réponse délirante et se retrouve à deux doigts de se noyer sous nos yeux. La partie civile pose les questions en premier. Je sens une prise inattendue et je fais, bêtement, le contraire de ce à quoi je m'étais préparé. Je l'interroge, je le relance, je tente de le prendre à son propre jeu. J'essaie de le mettre K.-O. et je n'arrive à rien. À l'époque, la journaliste du *Monde*, Pascale Robert-Diard, tenait un blog. Elle suivait le procès. Vers une heure du matin, je me rends sur son blog. Elle fait un compte rendu de la première journée et elle écrit, en parlant de moi, que j'étais semblable à un boxeur tournant autour de son adversaire et décochant des frappes qui manquaient leur but. Je donnais des coups dans le vide. C'était exactement ça. Je me suis dit : elle a raison et j'aurais dû m'en tenir à ce que j'avais décidé en premier lieu. Je m'y suis tenu toute la suite du procès. Les papiers de Pascale Robert-Diard ou de Stéphane Durand-Souffland (*Le Figaro*) peuvent parfois m'aider à enrichir la compréhension que je peux avoir d'un procès.

Les investigateurs sont tout autres. Ce ne sont pas des ennemis, mais souvent des adversaires et toujours des dangers. Un journaliste ne publie pas une enquête pour dire qu'il n'y a pas d'infractions, pas de coupables. Les journalistes se mettent dans la main de leurs sources. Elles peuvent être avocats, gendarmes, policiers, parquet, et aussi certains juges. Il y a beaucoup d'avocats parmi les sources. Je n'en fais pas partie. Les enquêtes n'ont d'intérêt dans leur publication que s'il y a des pistes qui mènent à des coupables. Quand vous êtes du côté de la défense, vous voyez les enquêteurs mettre sans cesse en cause les gens que vous défendez. Je sais d'expérience ce qu'ils retiennent de ce qu'on leur dit. Les investigateurs mangent à tous les râteliers, et si l'on a quelque chose à révéler à celui qui a écrit un article atroce sur votre client, il va s'en servir sans aucun état d'âme. C'est normal. Les seules choses recherchées par les investigateurs sont des informations pour nourrir leurs papiers. Ils se contentent de vaguement équilibrer leur article pour éviter les procès. Ils font des enquêtes de trois mois à charge et vous contactent quarante-huit heures avant, un peu plus quand c'est Mediapart, qui travaille bien à ce niveau-là, pour faire semblant de respecter le contradictoire. La nouvelle mode dans la presse : on détruit quelqu'un durant une page entière et, à la fin, on rappelle qu'il est présumé innocent. Les journalistes ne retiennent généralement que l'orientation initiale de leur enquête. À moins d'avoir des éléments qui démontrent noir sur blanc l'innocence du client, il est strictement inutile de leur parler. Votre intervention ne vaut rien. Dans 99 % des cas, la défense n'est pas une construction mathématique, elle est toujours plus compliquée, plus nuancée. Dans l'affaire Bernard Tapie, il y a cinq ans d'enquête durant lesquelles on est inaudible et un procès durant lequel on gagne pour ce que l'on avait avancé dès le premier jour et qui n'était même pas susceptible d'être entendu. Il y a bien sûr des journalistes à qui l'on fait confiance dans une relation parfois longue, mais la collaboration avec les investigateurs ne sert que si vous êtes victime. Les médias sont souvent, aujourd'hui, dans la réduction et la simplification de tout. Il est un poncif qu'il est bon de répéter : on ne défend pas le crime, mais l'homme accusé de crime ; on ne défend pas la corruption, mais l'homme accusé de corruption. Je défends les intérêts de mes clients et ils sont la plupart du temps en contradiction avec ceux des investigateurs.

Cependant, le journalisme joue son rôle de quatrième pouvoir quand des enquêteurs mettent au jour des scandales qui ne sortiraient pas sans eux. L'affaire de la MNEF révélée par la journaliste de *Libération* Armelle Thoraval, en 1998, en est un très rare exemple. Mais je n'aime pas que Mediapart écrive au procureur de la République pour l'inciter à agir. Les journalistes oublient trop souvent qu'ils ne détiennent ni la vérité, ni la justice. Le site Mediapart est devenu central dans la révélation des scandales. Je n'entretiens pas de rapports personnels avec ses journalistes. Dans l'affaire Bernard Tapie, un journaliste de Mediapart a conduit une longue enquête. Il a multiplié les articles-fleuves, à la manière d'un combat personnel. Les articles étaient nourris d'informations parfois intéressantes, mais ils étaient toujours dénués de la moindre objectivité. Un exemple parmi d'autres: Bernard Tapie poursuit en diffamation Thomas Clay, un professeur de droit, qui ne cessait de dénoncer sur tous les plateaux de télévision le caractère frauduleux de l'arbitrage dont il avait bénéficié. À ce procès, Thomas Clay fait citer le journaliste de Mediapart. Bernard Tapie se désiste de sa plainte en diffamation. Thomas Clay fait une demande pour obtenir des dommages et intérêts pour procédure abusive devant un tribunal totalement acquis à sa cause. Nous avons affaire à un véritable procès, avec défilé des témoins et longue audience. Bernard Tapie est condamné à verser des dommages et intérêts à Thomas Clay. Mediapart, par la voix d'un autre journaliste, rend compte longuement et non sans ironie de cette audience et de son délibéré. Nous faisons appel. Mediapart titre son article « Clay et Tapie, la revanche ». Pour des raisons juridiques évidentes, nous gagnons. Bernard Tapie n'est plus condamné à verser des dommages et intérêts. Mediapart n'a jamais publié la décision. Ses lecteurs n'ont pas pu en prendre connaissance. Je n'aime donc pas le ton donneur de leçons de Mediapart, je n'apprécie pas la manière dont ses journalistes relatent les affaires judiciaires, semblant en permanence être les seuls détenteurs de la vérité, du bien et du mal. Mais je considère aussi qu'il y a, au sein de Mediapart, de très bons journalistes d'investigation. Ils font des enquêtes souvent plus fouillées que celles de leurs confrères. Ils nous mettent généralement en mesure de répliquer à leurs affirmations, parfois avec des questionnaires policiers qui pourraient faire sourire. J'en ai reçu un d'une trentaine de questions il y a peu. Je suis aussi un lecteur du *Canard enchaîné*. Il conserve ma préférence. J'estime qu'il n'a pas du tout été démodé par Mediapart. *Le Canard enchaîné* reste un journal à la page, avec bien plus de second degré et, au fond, d'humanité.

Le secret de l'instruction est brisé quand les journalistes ont accès au procès-verbal. Le procès-verbal est le document qui relate l'audition d'un témoin ou l'interrogatoire d'une personne mise en cause ou qui rend compte d'éléments recueillis par les enquêteurs lors de l'enquête. Il retranscrit les investigations qui sont faites. La violation du secret de l'instruction a lieu quand ces procès-verbaux tombent dans les mains des journalistes. Il y a d'un côté la transmission par des tiers, soumis au secret, d'informations couvertes par le secret et concernant des enquêtes en cours et, de l'autre côté, la transmission des procès-verbaux aux investigateurs. Nombre de journalistes sont mieux informés que les avocats. Ils ont accès au dossier et ils ont noué des contacts avec les enquêteurs ou les juges. La lecture de la presse ne nous apprend pas ce qu'il y a dans le dossier, mais ce qu'il n'y a pas encore dans le dossier. Je le redis : dans un dossier d'instruction, nous n'avons pas tout en temps réel, il n'y figure que les actes du juge d'instruction. Le juge délègue beaucoup de ses pouvoirs à des policiers. Il délivre des commissions rogatoires qui ne doivent apparaître dans le dossier d'instruction, consultable par les avocats des parties, qu'au moment de leur exécution finale. Par exemple, la commission rogatoire ne doit être versée au dossier que lorsque les auditions de témoins auront été menées à terme. Les écoutes téléphoniques peuvent durer trois ans et donc n'y être versées qu'à l'extrême fin. Les journalistes ont ainsi accès à des informations qui ne sont pas encore disponibles pour les avocats. La lecture des médias est donc souvent instructive : un avocat qui assiste quelqu'un qui est en garde à vue n'a pas accès au dossier. Il le découvre seulement quand le client est mis en examen ou témoin assisté. Une fois qu'on a accès au dossier, on est censé être à égalité avec les journalistes mais, en fait, on est encore en retard. Le juge a plusieurs coups d'avance : il sait ce qu'il a demandé, il sait ce qui est en cours, il a déjà une partie du résultat des investigations en temps réel.

Les avocats ont souvent une idée précise des sources car le contenu de l'article peut aisément identifier qui a parlé et pourquoi. Le secret des sources est inviolable, capital, essentiel. Il n'y a pas de débat là-dessus pour moi. On ne peut pas poursuivre les journalistes pour recel, dès lors qu'ils se servent du contenu de leurs sources dans l'exercice de leur métier. Les journalistes respectent parfaitement le secret de leurs sources. Il y a donc une notion excellente dans la jurisprudence de la Cour européenne qui est la « bonne foi ». Elle a joué son rôle dans l'affaire Denis Robert. L'article 10 de la Convention européenne des droits de l'homme est extrêmement protecteur de la presse et des journalistes. La formule est la suivante : « L'article 10 protège le droit des journalistes de communiquer des informations sur des questions d'intérêt général dès lors qu'ils s'expriment de bonne foi, sur la base de faits exacts et fournissent des informations fiables et précises dans le respect de l'éthique journalistique. » La bonne foi est l'équivalent ici de l'honnêteté intellectuelle. Tout cela rend impossibles les poursuites contre la violation du secret de l'instruction. C'est le paradoxe : le secret de l'instruction n'est pas respecté, mais sa violation est de fait impoursuivable. Les fuites peuvent être irrationnelles. Parfois, il y a des fuites dans la presse sans que personne n'y ait intérêt. Il y a les gens qui ne savent pas tenir leur langue, il y a l'amitié, les réseaux, les renvois d'ascenseur. Les fuites sont loin d'être le seul fait des avocats. Dans beaucoup d'affaires, les fuites ont lieu alors que les avocats n'ont même pas encore connaissance du dossier. Elles se font au stade initial de l'enquête, avant son intervention. L'avocat n'intervient que lorsque son client a un statut dans la procédure. Un avocat peut organiser des fuites dans l'intérêt de son client. On ne peut pas le lui reprocher. Toutes les grandes enquêtes financières ou criminelles sont l'occasion de violations constantes du secret de l'instruction. C'est si banal. On finit par ne plus être choqué de ce qui est choquant. Je trouve pourtant scandaleux que des plaintes de femmes pour des agressions sexuelles soient révélées dans la presse en temps réel.

Quand Gérard Depardieu a fait l'objet d'une plainte de la part d'une jeune comédienne, j'ai été informé le lendemain matin par un journaliste du nom de la jeune femme, de la date, des faits supposés. J'ai essayé de retenir l'information, mais elle est sortie au bout de quelques jours dans les médias. La plaignante ne souhaitait pas apparaître. Son nom, connu des journalistes, n'est heureusement pas apparu dans la presse. Dans l'affaire concernant Patrick Bruel, j'ai été également informé par un journaliste qu'une déposition venait d'être faite. Tout est sorti, sans motif, aucune plainte n'ayant été déposée. Il y a des cas où la violation du secret est la pire des condamnations que la personne suspectée puisse encourir. Elle va figer la personne dans une accusation alors que parfois il n'y aura même pas de suite à la plainte.

La défense médiatique

La phase médiatique est une phase où la plupart de mes clients se sentent exposés à la vindicte populaire. Aucune réaction n'est susceptible d'être efficace. J'ai encore plus d'humilité sur la capacité de défense médiatique que sur la défense tout court. Si l'on est dans la peau de la défense de l'accusé et que l'on a de quoi renverser la table, l'ADN qui prouve le contraire de la thèse adverse ou la pièce cachée que l'on retrouve, alors on peut se rendre sur les plateaux de télévision. Sinon, mieux vaut choisir le silence. La seule défense audible par les médias est une défense qui accuse. Nous sommes de plus en plus dans une ère de la dénonciation. La meilleure défense médiatique à laquelle j'ai assisté est celle de Dominique de Villepin dans l'affaire Clearstream, disant: «Je suis là par la volonté d'un seul homme» – avec sa femme et ses enfants à ses côtés. L'image de Nicolas Sarkozy ayant promis de le pendre à « un croc de boucher » nous a tous marqués. Dominique de Villepin ne proclamait jamais «je suis innocent». Il attaquait, il dénonçait et cela portait. La défense médiatique de Jérôme Kerviel a elle aussi été efficace. Il a été jugé responsable de pertes frauduleuses à hauteur de 4,82 milliards d'euros par un jugement dont il a interjeté appel et dont le délibéré a été rendu le 24 octobre 2012. Il a formé un pourvoi en cassation contre cet arrêt. Dans un premier temps, il a réussi à convaincre l'opinion de la responsabilité de la Société Générale, même s'il n'a cependant pas réussi à convaincre les juges.

La défense médiatique m'angoisse. Elle m'a fait perdre des mois d'espérance de vie. J'ai l'impression que l'on me crache à la figure et que je dois dire merci. Je prends les attaques contre mes clients de manière personnelle. L'expérience cependant est utile. Quand j'étais jeune, je paniquais. Aujourd'hui, je souffre toujours autant, mais je ne me laisse plus submerger par un flot d'émotions. Quand on est avocat, il y a une chose simple à comprendre: on ne vit pas nos vies par procuration. Si mon client est insulté dans la presse, ce n'est pas moi qui suis traîné dans la boue par les médias. Il est facile de consoler un client : « Ne vous en faites pas, il n'y aura pas de problème, tout va bien se dérouler. » D'une manière générale, il est aisé de supporter la douleur des autres. L'avocat et le client sont un tandem. Il suffit de penser aux caricatures de Daumier : l'avocat qui accompagne son client à l'échafaud en lui assurant que tout ira pour le mieux. Je ne suis pas celui que je défends. Je peux le comprendre, je peux me mettre dans sa peau, je peux endosser ses peines, mais je ne suis pas lui. Il y a aussi la caricature de l'avocat qui annonce à son client quinze ans de prison et qui lui serre la main : « Nous les ferons. » Je ne dis jamais « nous ». Il ne s'agit pas de distance, mais de décence. Du point de vue professionnel, il faut à un moment se désinvestir émotionnellement pour avoir une approche froide et claire de la situation. Je ne partage pas la vision de la défense de Frank Berton. Il excelle en tant qu'avocat. Mais, à l'inverse de lui, je ne plaide pas en disant « je » ou « nous ». Je suis plutôt le juge, le juré ou, immodestement, je tente d'être tout le monde à la fois. Les avocats d'assises de l'après-guerre parlaient du treizième juré. Ils étaient ainsi de plain-pied avec les jurés.

Pour autant cette distance nécessaire ne doit jamais contenir une once de cynisme. Il n'y a pas de bon avocat cynique. Face aux médias, mes conseils sont relativement constants, ne pas s'exprimer, attendre le rebond. Il faut s'adapter aux différentes personnalités. S'exprimer peut parfois avoir un effet placebo et relever du soulagement psychologique. Je pose toujours les mêmes questions : qu'est-ce que vous cherchez, craignez, espérez ? Les avocats ont toujours un but. Si demain j'étais mis en cause, je pourrais tout à fait passer outre les conseils de mes avocats et choisir de parler quand même. Si je recommande si souvent le silence, c'est que je pense qu'il faut attendre le moment approprié, le rebond possible, pour aller au-devant des médias. Parfois, il arrive. Parfois, il n'arrive pas. Les magistrats sont sujets à deux sentiments contraires : ils sont perméables à ce qu'ils lisent et entendent dans les médias, mais ils ne veulent pas non plus qu'on leur force la main. Dès la première seconde, on comprend si le procès médiatique est perdu ou non. Il faut donc anticiper qu'on arrive au procès avec un pré-jugement médiatique négatif.

Dans les gros procès, on va jouer les juges contre les médias, la justice contre les médias, la loi contre les médias. Un avocat raisonne en termes d'efficacité et de résultats. Le jugement médiatique est comparable à la phase d'enquête et d'instruction. Les juges d'instruction se trompent le plus souvent quand il leur manque la capacité d'anticipation, la phase d'autocritique. Ils sont dans le court terme et nous sommes dans le long terme. Le métier d'avocat implique que nos arguments soient passés au crible, avant de choisir de les exposer ou non. Un avocat de la défense doit raisonner contre l'accusation. On sait détruire une argumentation et il faut savoir si la nôtre résistera ou non au pilonnage. J'émets des idées et après je tente de les annihiler pour voir si elles résistent.

Je me souviens des gros titres à propos de la dédicace de Bernard Tapie à Pierre Estoup en juin 1998. Les médias sont dans l'immédiateté de la réaction. Les investigateurs nous disent « Vous avez vu ? » et nous on leur répond : « Et, alors ? » Le « et alors ? » n'intéresse personne. Ma défense est toujours construite en amont. Le temps médiatique n'est pas celui du raisonnement et de l'analyse, mais celui du spectaculaire et du sensationnel. Il m'est arrivé de gagner des affaires en déclinant des raisonnements juridiques trop compliqués pour avoir la moindre chance d'être entendus médiatiquement. On gagne souvent pour des raisons justes, mais non extraordinaires. De même que le temps médiatique n'est pas le temps judiciaire, le jugement judiciaire, le seul qui compte, n'obéit pas aux règles du jugement médiatique. Les procès se gagnent sur l'analyse, la distance, la balance. Tout ce qui n'intéresse pas les journalistes, au moment chaud de l'enquête. Les médias recherchent le sensationnel et la simplification car le métier s'est considérablement appauvri. Les avocats ont de plus en plus de mal à faire passer des messages un peu nuancés. En matière de justice, comme dans la vie, le temps est essentiel. L'institution judiciaire intervient trop tard dans les affaires médiatiques.

L'avocat doit souvent revenir à des questions basiques. Quand on est avocat, on peut être un catcheur qui donne des coups dans le vide ou un joueur d'échecs qui tente de mettre échec et mat son adversaire au bout de la partie. Je connais les deux méthodes. Le joueur d'échecs est dans l'anticipation, la prévision, l'évitement des mauvais coups, le développement d'une stratégie gagnante. Le catcheur est quelqu'un qui occupe le terrain en permanence, sans vision et en sachant qu'il n'y aura pas de K.-O. véritable. Le public est galvanisé par le catcheur. Tout dépend donc du but que vous poursuivez. Dans les premiers temps d'une enquête, quand vous êtes endigué, la défense médiatique va de pair avec la défense judiciaire, elle est à son service. Le but que vous poursuivez peut être essentiellement personnel. On peut passer au journal de 20 heures pour s'adresser à une seule et unique personne. On peut dire des choses contre-productives pour le dossier, mais en nourrissant un objectif particulier. Tout existe. Dans la communication, le plus important n'est pas ce que vous avez à dire par rapport à votre défense, mais à qui vous vous adressez et pourquoi. L'avocat veut sauver les gens de la prison, des accusations, du déshonneur. Son but est de gagner les procédures. Sauf exception, je m'adresse à ceux qui jugeront l'affaire. Si je dois m'adresser à un juge d'instruction, je le fais directement, et non par médias interposés. Je ne reconnais pas beaucoup de privilèges à l'âge mais le temps qui passe, l'expérience professionnelle apprennent quand même certaines choses. Les avocats sont sans arrêt en risque de conflit d'intérêts entre leur intérêt propre et celui de leur client. J'ai appris à ne plus être guidé par mon seul plaisir : prononcer un bon mot, rendre coup pour coup, avoir raison à tout prix. Il faut savoir s'oublier, se maîtriser, s'effacer. Je suis encore aujourd'hui capable d'être excessif. Il peut toujours m'arriver de vriller dans le cadre d'une audience. Mais j'ai maintenant plus de sang-froid et moins d'émotions. Je comprends quand je ne peux plus rien. Je ne m'acharne plus contre la réalité. La vraie qualité d'un avocat est le recul autant que l'engagement et le courage. Être capable de prendre du recul peut avoir une grande valeur à condition de ne pas être limité dans son engagement.

Les avocats prennent du plaisir à tout. Leur charme réside dans leur goût de l'excès. Ils en deviennent parfois des professionnels de l'indignation : il manque une virgule à un procès-verbal, une irrégularité de procédure est commise et c'est pour eux une faute impardonnable. Il faut être capable de faire la différence entre l'accessoire et l'essentiel dans une défense. Ne pas s'indigner sur tout, mais ne jamais plier pour mieux s'indigner de ce qui le mérite vraiment.

Il faut aussi sans cesse arbitrer entre les intérêts de la défense et les besoins du client. On peut être dans des affaires où l'enjeu pénal est faible et l'enjeu public important : on privilégie alors l'enjeu public. L'avocat garde toujours en tête cette double donnée bénéfice / risque. Sur la question médiatique, je suis plutôt minoritaire. Les avocats pensent en majorité que la défense médiatique fait partie intégrante de la défense. Sur un plan humain, il est plus facile de dire à quelqu'un : « C'est scandaleux, il faut y aller », que l'inverse. L'avocat doit être capable de conserver la confiance du client en lui disant ce qu'il ne veut pas entendre. C'est un point essentiel. J'ai participé récemment à une réunion, avec nombre d'avocats, pour un gros client. J'étais défavorable au fait d'organiser la simulation du procès qui était pourtant demandée par notre client. Un des avocats présents lors de la réunion a alors dit : « En même temps, c'est eux qui nous paient. » C'est justement parce que ce sont eux qui nous paient qu'il ne faut pas exécuter tout ce qu'ils nous demandent de faire. Ils font appel à nous pour qu'on les conseille au mieux de leurs intérêts et non des nôtres. Il ne s'agit pas de faire plaisir, mais de faire gagner.

J'ai pu constater à quel point le positionnement médiatique était primordial lors de la défense du docteur Stéphane Delajoux. Les accusations sont tombées après la seconde opération de Johnny Hallyday d'une hernie discale en novembre 2009. Stéphane Delajoux a été victime d'une chasse à l'homme. J'ai accepté de le défendre après qu'il s'est fait agresser, un vendredi soir, devant son domicile. Il se retrouve traité de « boucher » par le producteur Jean-Claude Camus. Comment faire face ? Stéphane Delajoux a fait preuve d'un sang-froid à toute épreuve. Il est resté stoïque. Il a accepté mes deux conseils : ne pas parler dans les médias et ne pas incriminer Johnny Hallyday. Un médecin est tenu au secret professionnel et ne peut divulguer la moindre information susceptible de nuire à son patient. Stéphane Delajoux aurait pu en dire beaucoup sur l'affaire, il s'est tu tout du long. Des éléments du dossier médical ont transpiré dans les médias, mais il n'a pas participé aux fuites. Je lui ai demandé la vérité et je lui ai fait confiance. Les faits étaient simples : l'intervention était justifiée et elle s'est bien déroulée. Les expertises l'ont confirmé. J'étais persuadé qu'il y aurait un rebond et il a eu lieu. Stéphane Delajoux représentait le coupable idéal (son physique, son passé d'escroquerie à l'assurance, sa réputation de médecin des stars) et on a bien fait d'opter pour le silence. Il aurait pu être abîmé à jamais si l'on avait choisi de s'exprimer dans les médias au mauvais moment. Stéphane Delajoux a passé l'épreuve sans séquelles et continue aujourd'hui à exercer pleinement son métier de chirurgien. Il avait une force en lui que rien n'a jamais ébranlé : il savait qu'il n'avait pas fauté, il n'avait aucun doute sur le bon déroulé de l'opération, il a su me convaincre alors que j'avais besoin de connaître la vérité. Il y avait le diagnostic, l'indication, l'opération et l'après. C'est dans l'après qu'il y avait un éventuel flottement puisqu'il n'avait pas fait signer de décharge. Il ne s'était pas suffisamment protégé. Le secret est sacré. L'avocat et le médecin sont tenus au secret professionnel et ne peuvent rien divulguer en tant que témoins. Ils ne peuvent pas être déliés du secret professionnel par le client. En revanche, s'ils sont mis en cause, ils ne sont plus tenus par le secret professionnel. Il n'est levé que le jour où l'on est accusé pénalement. Quand on est accusé médiatiquement, on est dans une position d'inégalité. On doit respecter le secret professionnel, si l'on est médecin ou avocat. L'affaire Stéphane Delajoux/Johnny Hallyday a été particulièrement instructive sur ces questions de la défense médiatique, du rapport de confiance entre avocat et client, du respect rigoureux du secret professionnel. On ne se connaissait pas, mais la confiance s'est instaurée immédiatement. Il m'a convaincu qu'il disait la vérité et je l'ai convaincu de garder silence et secret. L'emballement médiatique était tel que la tentation de parler était pourtant grande. Stéphane Delajoux est un remarquable exemple de rebond.

L'affaire du petit Grégory prouve, comme nulle autre, combien céder à l'emballement médiatique peut avoir des conséquences graves. Du point de vue du secret, elle a été une hécatombe. Elle démontre que, bien avant les réseaux sociaux, nous avons pu arriver à des dérives énormes. Un couple en deuil harcelé par les journalistes, un juge aveuglé par la notoriété, des avocats attirés par la lumière. Aurais-je pu être enivré par la notoriété médiatique ? Pendant longtemps, il y a eu une distorsion entre la reconnaissance professionnelle de mes pairs, qui est la seule qui compte, et ma notoriété médiatique, qui était inexistante. On me le reprochait. Il ne s'agissait pas de discrétion, mais d'orgueil. Il n'existait pour moi qu'une seule notoriété enviable, c'était celle d'un Robert Badinter ou d'un Émile Pollak. L'image devait suivre les performances professionnelles, et non pas les précéder : j'avais une sorte de dandysme à cet égard. La notoriété n'est pas un signe de valeur en elle-même et j'ai connu, moi-même, une notoriété relative assez tardive, dans des conditions dérisoires.

Nous étions en 2007, j'avais quarante-neuf ans, il s'agissait de l'affaire Roman Polanski. Je défendais un homme qui était détenu en Suisse pour une demande d'extradition de ce pays vers les États-Unis dans une procédure à laquelle je ne participais pas et qui était rédigée en langue allemande. Là, j'ai donné en direct, par téléphone, une interview dans le journal d'une chaîne américaine. Les raisons pour lesquelles j'émergeais étaient anecdotiques et je ne pouvais pas l'ignorer. Quand les affaires médiatiques ont commencé à éclater, on s'est intéressé aux clients, aux juges et puis, seulement après, aux avocats. Les avocats émergeaient de nouveau, après une période de latence. On s'est donc tourné vers moi, parmi d'autres. J'ai fait quelques bêtises car j'adore parler, j'adore les médias, mais je m'en suis aperçu. Je ne condamne pas l'attirance médiatique chez les avocats car ce ne sont pas les plus discrets qui sont les moins égocentriques. L'exposition médiatique est ce qui suscite le plus de jalousie dans la profession. C'est absurde, mais c'est ainsi. Je sais ce qui anime ceux qui critiquent la surface médiatique de leurs confrères : la jalousie, l'aigreur. Le meilleur ami de mon père disait toujours : « Dieu nous préserve des fauchés. » Dieu nous préserve des envieux, des aigris, des amers, des jaloux. Pour donner, il faut avoir un minimum à donner.

Au fond, comme beaucoup d'hommes, je suis plein de contradictions : j'aimerais avoir une importante notoriété, mais je suis conscient de la vanité de tout ça. Chez les avocats, les meilleurs sont reconnus par leurs pairs. Dans le métier, il n'existe pas de Mozart assassiné. Les clients peuvent être rassurés de faire appel à un avocat reconnu. La reconnaissance dépend souvent pour eux de la notoriété alors que ce n'est pas ainsi que les choses marchent.

Deux pouvoirs : le judiciaire fort et le médiatique faible

L'autorité judiciaire ne me semble pas affaiblie. Il y a un manque cruel de système de régulation dans la plupart des domaines de la société comme l'éducation, la santé, l'économie, l'écologie. Les réponses politiques, administratives, éducatives sont souvent insuffisantes. L'autorité judiciaire fonctionne mal, mais elle n'est pas affaiblie car on fait de plus en plus appel à elle. On lui demande trop souvent de se substituer à des pouvoirs défaillants et elle joue ainsi un rôle qui ne devrait pas être le sien. La société cherche de manière croissante, précipitée, à identifier des responsables, des coupables, sans toujours en mesurer les conséquences néfastes. Il est évident par exemple que des acteurs politiques et professionnels qui ont contribué au traitement de la crise dramatique de la pandémie de la Covid auront à s'expliquer sur leurs actions. Mais j'ai trouvé inopportun, voire scandaleux, qu'avant même d'avoir réuni des éléments suffisants, des plaintes soient déposées à foison. J'y ai vu parfois un opportunisme et une irresponsabilité indignes de la justice. Il faut prendre garde au populisme judiciaire.

L'institution judiciaire prend ainsi une place de plus en plus grande et les moyens dont elle est dotée, en termes de sanctions, de mesures préventives, sont de plus en plus dissuasifs. Son pouvoir me semble devenu presque trop important et l'on attache à ses décisions des conséquences qui ne devraient pas être celles-là. Ce ne sont pas les juges qui ont créé la jurisprudence dite Balladur, laquelle consiste dans le fait que tout ministre mis en examen doit démissionner de ses fonctions. Cette jurisprudence s'est ensuite élargie à d'autres cas. Quand on dit à un juge : « Si vous mettez mon client en examen, il va devoir démissionner », le juge répond : « Ce n'est pas mon problème. » Ce sont les politiques qui ont donné ce pouvoir exorbitant aux juges. Il y a des cas où il n'est pas question de se maintenir en fonction, mais dire « si je suis mis en examen, je démissionne » revient à donner à la justice un pouvoir qu'elle n'a pas à exercer. Dans le débat sur l'homme et l'œuvre, il est sidérant de constater qu'il y a des artistes dont on ne devrait paraît-il pas voir les œuvres, alors que la justice ne leur interdit pas de travailler. L'institution judiciaire est surpuissante, mais reste critiquable et à critiquer. C'est parce que l'autorité judiciaire est surpuissante que les avocats ont une telle surface médiatique. La critique des juges rencontre une limite : il existe de grands juges.

Je sens l'autorité judiciaire d'autant plus forte que

le pouvoir médiatique est, lui, omniprésent mais délégitimé. La presse a beau être en totale déliquescence économique et éthique, elle tente de peser de plus en plus sur les décisions judiciaires. On a vu que le jugement prémédiatique existe lors d'un procès. La règle du jeu ne doit pourtant pas être dictée par quatre journalistes orientés par trois avocats ou deux flics. Quelle est la seule façon de lutter contre la déliquescence du pouvoir médiatique, si ce n'est d'appliquer les lois ? Le respect de la justice est l'unique recours au dysfonctionnement de la société médiatique. Pour cette raison, l'avocat ne doit pas avoir de positionnement univoque sur l'attitude qu'il faut avoir face aux juges, qui doit être circonstancielle. Il ne faut pas abaisser les juges dans leurs fonctions, mais il ne faut pas avoir de complaisance vis-à-vis d'eux. Il est nécessaire de rester conscient que seule la justice peut tirer la conclusion finale. L'autorité judiciaire n'est donc pas affaiblie, mais sa puissance n'entraîne pas l'absence de dysfonctionnement. Au contraire.

Quatrième partie

L'AVOCAT ET SES CLIENTS

La bonne distance

Faut-il aimer son client pour bien le défendre ? Le métier d'avocat est un métier de service. Les pénibles et les plaintifs sont souvent les mieux servis, comme partout ailleurs. Mais je défends mieux les gens pour qui j'ai de la sympathie. Je n'ai jamais oublié la formule de Robert Badinter dans *L'exécution* : « Défendre n'est pas aimer. Défendre c'est aimer défendre, toujours et inlassablement. » Défendre n'est pas aimer car, sinon, on défendrait seulement une poignée de gens. La conscience professionnelle est naturelle. Mais le degré d'implication et de concentration peut varier d'une affaire à l'autre. Une défense est comme un casting : un avocat qui serait bon dans telle affaire ne le serait pas forcément dans telle autre. Je ne me sens pas à l'aise, par exemple, dans les affaires dans lesquelles la défense passe par le fait de soumettre à la question des mineurs. Dans le domaine de la défense, il n'y a pas de généralité. Personnellement, si je suis trop proche de quelqu'un, cela peut représenter une fragilité, une pression qui peut être déstabilisante. La trop grande conviction de l'innocence peut aussi être un handicap. Je l'ai vécu une fois et j'ai mal défendu l'accusé. L'avocat peut considérer comme relevant de l'évidence ce qui doit relever de la démonstration. Même lorsqu'on plaide le bénéfice du doute, il ne faut jamais partir de l'évidence de l'acquittement de son client. Il faut toujours considérer qu'il est à rechercher. Un doute aussi se démontre. Dans la justice, il n'y a jamais de postulat. L'idéal est d'être convaincu de ce que l'on a à défendre et d'avoir de la sympathie pour son client. Tous les échecs sont catastrophiques et, s'agissant des miens, je considère qu'ils me sont imputables. Tous les acquittements, les relaxes et les réussites ne concernent peut-être pas seulement des innocents. Mais je n'ai jamais soutenu un raisonnement auquel je n'adhérais pas. La foi dans les arguments que l'on développe fait partie de la drogue intellectuelle du métier. Je ne crois qu'à la sincérité et à la vérité de ce que l'on dit. L'avocat peut considérer que même si un client est coupable, sans qu'il le sache forcément, il doit être néanmoins acquitté ou relaxé parce qu'il n'y a pas suffisamment de preuves. La question de la vérité se contourne pour des raisons juridiques qui ne sont pas immorales.

Il m'est arrivé de mal défendre des clients par manque d'empathie avec eux. Je n'ai pas su défendre correctement une mère qui avait laissé mourir son enfant sous les coups de son conjoint. Les services sociaux ont été alertés par les voisins. Elle encourait cinq ans pour non-assistance à personne en danger pour un enfant battu à mort. Son implication était telle qu'elle était proche de la complicité et au fond je pensais, comme chacun, que la peine maximale encourue était bien faible par rapport à sa responsabilité réelle. J'ai été mauvais. On était peut-être dans le domaine de la psychanalyse. J'ai eu une mère trop aimante pour bien défendre les mères bourreaux. Un avocat doit être pourtant capable de se mettre dans la peau de tout le monde. Il est facile d'endosser le fardeau des victimes car on s'identifie tous aux victimes et non aux coupables. Mais il faut être capable de se mettre dans la peau de tous ceux que l'on défend et de comprendre leur comportement. J'ai mes limites : j'ai beaucoup de mal à malmener une partie civile, même quand cela pourrait être nécessaire. Je reste alors sur des points factuels.

Il est inutile de détester son adversaire pour bien le combattre. Maurice Agnelet reste, malgré tout, un homme, avec toute sa complexité. Je n'avais pas de haine vis-à-vis de lui. L'absence d'animosité participe à une bonne défense de la partie civile. La haine n'est jamais un bon moteur et finit toujours par détruire celui qui l'éprouve, même dans l'enceinte judiciaire. Je ne suis pas allé sur le terrain de l'intimité, la manière dont il s'est comporté vis-à-vis de son fils mourant, ou de sa sexualité, car j'aurais trouvé cela indigne. Les mœurs sexuelles ne sont un indice de rien et je dirais même que je comprends tout à fait que l'on mente sur sa vie sexuelle. Je le pense profondément et je n'en tirerai jamais argument contre personne. J'ai énormément préparé le dossier Agnelet. Le procès avait lieu en octobre à Aix-en-Provence et j'ai passé mes vacances à Paris à y travailler. J'y ai consacré près de trois cents heures. J'ai rarement été partie civile et, malgré tous les sentiments et l'empathie que j'ai pu éprouver pour les victimes, je considère que, dans une enceinte judiciaire, la défense a des droits. C'est d'ailleurs le drame du tribunal médiatique : l'accusé n'a aucun droit. Dans une cour d'assises ou devant un tribunal, on peut être la pire des ordures et être innocent, on peut être un type merveilleux et être coupable. Nous ne sommes pas dans la fiction. La confrontation avec la réalité change tout. Un procès rend les choses plus humaines, plus troublantes.

L'avocat des puissants

Je ne revendique ni ne conteste l'expression d'« avocat des puissants ». J'ai une manière de vivre : je déteste les casaques, les partis politiques, les clubs. Dans mon domaine, on se réjouit forcément d'être sollicité par des gens bénéficiant d'une importante exposition médiatique. Mais je ne souhaite pas être prisonnier de cette image-là car le cabinet ne défend pas que les patrons du CAC 40. L'activité du cabinet est très mélangée depuis une vingtaine d'années. Ma notoriété est toute relative. Il ne faut pas lutter contre son image, car c'est déjà trop s'intéresser à soi-même. Aucun réseau ne m'a fait devenir ce que l'on appelle l'« avocat des puissants ». Ma vie personnelle et ma vie professionnelle ne se recoupent pas automatiquement. Je connais Bernard Tapie depuis dix-huit ans. J'ai dû dîner et déjeuner une ou deux fois avec lui en tout et pour tout, bien que j'éprouve de l'amitié à son égard. Après, il m'arrive de défendre des amis, comme c'est le cas avec Thierry Herzog. On pourrait passer son temps vacant avec les gens que l'on défend. Cela m'ennuie et cela les ennuie. Ils n'ont pas forcément envie d'avoir à leurs côtés la présence constante du problème avec lequel ils vivent ou avec lequel ils ont vécu. On développe des relations exceptionnelles avec les gens que l'on défend, mais elles ne passent pas nécessairement par une présence amicale continue. On ne me prête pas de pouvoir particulier et on a raison : je n'en ai pas. J'ai pu être attiré par vanité, à un moment, par la défense de clients célèbres. Mais je déteste les courtisans. Ils sont méprisables. Je ne dois rien à personne et personne ne me doit rien. J'ai sans aucun doute une part de folie. Des faiblesses, des travers, des côtés ridicules – mon orgueil, mon goût du luxe, mon ambition. Mais l'autodérision me paraît primordiale. Mon seul atout reste d'exercer le métier avec les armes du métier. J'ai dit un jour que je voulais être le Zidane du barreau. Au-delà de la formule pas très heureuse, je crois à la vérité du terrain, je crois à ce que l'on voit et non à ce que l'on ne voit pas. Mes admirations demeurent inébranlables. Je me sens petit par rapport à Robert Badinter ou à Henri Leclerc. Je n'ai pas varié au fil des années : je ne fais allégeance à personne car je mets l'indépendance au-dessus de tout. Le fait d'avoir perdu mon père tôt, de ne pas avoir eu d'autorité masculine au-dessus de moi, explique peut-être deux choses : ma capacité à admirer de grandes figures tutélaires et ma volonté de ne pas être soumis aux ordres de quiconque. J'ai ainsi peut-être l'impression de n'avoir jamais trahi mon père.

Mes clients ne m'appartiennent pas et je ne leur appartiens pas. J'ai fait une longue route avec quelques-uns. Certains, avec qui j'ai développé des rapports de confiance forts, restent dans ma vie. Je ne me suis jamais senti trahi. Je me suis senti déçu par des clients comme des clients ont dû se sentir déçus par moi. Leur gratitude peut être bouleversante. Mais j'ai aussi appris, grâce à Jean-Yves Liénard, à quel point il faut se blinder contre leur ingratitude. Je serais, sinon, en lambeaux. Un lien affectif peut se tisser entre avocat et client et le sentiment de trahison, pour moi, ne peut venir que de là. La blessure peut être humaine et non professionnelle. Les angoisses, les déprimes, les montées d'adrénaline ne sont jamais liées aux problèmes d'argent ou à la charge de travail. Elles sont liées à l'empathie, l'affectif, la fidélité. L'avocat exige rarement la vérité de son client. Les mensonges sont souvent facilement détectables pour un avocat qui va vite en comprendre le caractère utilitaire. Si l'avocat demande la vérité sur un point précis et si le client ment, il s'agit davantage d'une autotrahison que d'une trahison. Le client marque un but contre son propre camp. La défense est à la fois une consolation et un combat. On soutient la personne, mais on lui dit aussi ce qu'elle ne doit pas faire. On s'oppose à de mauvaises idées. On tente de trouver humainement le chemin qui va faire émerger la défense. La confiance se doit d'être totale et le secret, absolu. Je peux tout entendre, mais pas de n'importe qui. Je n'ai pu jeter aucune passerelle entre la mère bourreau que j'ai eu à défendre et l'avocat que je suis. Peut-être qu'une autre personnalité m'aurait fait comprendre la folie inhumaine de son comportement.

Les affaires les plus intéressantes peuvent être les plus connues. Les procès médiatiques sont souvent ceux où la pression et l'adrénaline sont au maximum. L'enjeu humain pour mes clients et le risque personnel pour moi y sont importants. Les affaires médiatiques sont souvent celles où l'on gagne le moins d'argent et où l'on prend le plus de coups. On y va car on le veut bien. Quand on obtient quelque chose, c'est le plus souvent parce qu'on l'a voulu. Je suis arrivé à une clientèle « haut de gamme » naturellement et rapidement. Dans notre métier, une seule chose marche : le bouche-à-oreille. Les recommandations des clients et des confrères font tout. Après, les enjeux peuvent être extraordinaires dans des affaires dont personne ne parle et dont personne ne parlera jamais. Je prends des affaires *pro bono.* À quoi cela tient-il ? Une émotion, une insistance bienvenue, une personnalité. Il ne s'agit pas de se donner bonne conscience, mais d'exercer pleinement son métier. Je n'ai pas de sentiment de réussite, mais j'ai la conscience du temps écoulé. Je dois tout à mon métier et notamment le peu d'équilibre que j'ai acquis. Je n'ai pas un caractère particulièrement apaisé, mais, durant quarante ans, pas un seul instant je ne me suis demandé si je voulais faire le métier que je faisais. J'ai pour le métier d'avocat un immense respect. Il faut être à la hauteur humaine de son client. Il m'arrive de ne pas l'être car je suis pris par des problèmes personnels. Je peux notamment manquer de patience. D'une manière générale, je suis très indulgent avec les femmes et les fous.

Entre avocats

J'ai été amené à défendre beaucoup d'avocats. Mes trois amis les plus anciens dans le métier sont Thierry Herzog, Pierre Haïk, Jean-Yves Liénard. Avec Pierre Haïk, nous avons affinités, sympathie et je l'espère affection réciproque. Pierre Haïk est un avocat flamboyant, passionné, fiévreux, dont la grande force réside dans la sensibilité et la psychologie. Il a une compréhension profonde des situations. Il est habité par son métier, au service permanent de la défense de ses clients. Il a largement contribué à l'accession des pénalistes aux affaires politico-financières quand il a défendu avec succès Michel Roussin. Il est adoré de ses clients. Nous avons en commun l'amour du métier.

Notre profession n'est pas un passe-temps, une occupation, un gagne-pain, mais une passion. Notre métier est une partie majeure de nos vies. Quand nous étions jeunes, peut-être a-t-il existé une concurrence sourde entre nous tous, mais le respect et l'admiration professionnels existent entre rivaux. La rivalité n'a en aucun cas abîmé notre amitié et, si elle a existé, elle s'est estompée avec le temps. Les vrais amis sont capables de partager les moments de bonheur et de réussite. De malheur, aussi. L'annonce de la maladie de Pierre Haïk a bouleversé tous ses amis. Sa femme, l'avocate Jacqueline Laffont, avec qui il forme un couple exemplaire depuis des décennies, est également une amie. Elle l'a accompagné dans tous ses dossiers. Depuis que la maladie a privé son mari d'exercer ce métier qu'il aimait tant, Jacqueline Laffont représente leur cabinet avec un sérieux et un brio qui forceraient l'admiration de son mari et qui font la nôtre.

Au fil du temps, je suis devenu proche de Thierry Lévy, disparu en 2017. Nous déjeunions souvent ensemble. On parlait de nos problèmes d'argent avec autodérision. Nous avons passé tous les deux notre vie à découvert. Pour mes cinquante ans, une amie avait sollicité mes proches pour un cadeau groupé. Par une indiscrétion involontaire, j'ai appris que Thierry Lévy avait donné la somme la plus importante alors que je savais, à l'époque, qu'il croulait sous les problèmes d'argent. Thierry Lévy était fin, généreux, lettré. Il avait une passion pour la littérature. Il me parlait des écrivains qu'il aimait, sa culture était impressionnante.

Thierry Lévy était l'avocat d'un groupe d'individus dans une affaire dite « opération Couper les ailes de l'oiseau ». Un véritable thriller économique et financier, qui s'est déroulé de 1992 à 1997, après la fusion Matra-Hachette. Il s'agissait d'une opération supposée de déstabilisation du groupe Lagardère et Matra par la société Thomson. Thierry Lévy défendait un groupement d'hommes et femmes proches du groupe Thomson. Il avait engagé des actions multiples contre le groupe de Jean-Luc Lagardère. Dans ce cadre-là, il avait eu des discussions avec Paul Lombard, avocat de la partie adverse. Thierry Lévy aimait, dans toute chose, ce qui était drôle, dérisoire. Il s'amusait à croquer les gens. Paul Lombard était un personnage, avec lui, Thierry Lévy était au spectacle. Il ne s'en lassait pas. On ne pouvait pas faire plus opposés que ces deux-là. Malgré sa réputation, Thierry Lévy n'avait pas la dent dure. Il était extrêmement intelligent et ne prenait pas au premier degré des choses qui devaient rester au second. Son seul défaut était une sorte de snobisme social et intellectuel, dont on plaisantait tous les deux.

Un des proches amis de Thierry Lévy était un avocat célèbre. Il avait porté une plainte pour le groupe Lagardère qui pouvait, indirectement, avoir des implications contre Thierry Lévy dans l'affaire dite « Couper les ailes de l'oiseau » – il n'avait pas imaginé qu'elle pourrait l'atteindre. Les négociations menées par Thierry Lévy s'y trouvaient visées et allaient, à tort, être considérées par le juge d'instruction comme faisant partie d'une tentative d'extorsion de fonds. Thierry m'a alors demandé de le défendre, et j'ai gagné son affaire.

Thierry pouvait être fier jusqu'à l'orgueil. Ainsi, après avoir été mis en examen, il ne voulait pas que je fasse le moindre recours si je n'avais pas la certitude de le gagner. Pourquoi ? La mise en examen n'est pas motivée. Thierry ne voulait pas se voir exposé à un arrêt qui aurait justifié les raisons pour lesquelles sa mise en examen devait être maintenue. Son talent, sa culture, sa générosité, son orgueil, son humour. Thierry était un seigneur.

Cinquième partie

L'AFFAIRE DITE BISMUTH

Être sur écoute

Tout parano n'est pas bon avocat, mais tout bon avocat est au moins un peu parano. L'important est de rester dans la juste mesure. Un bon avocat est quelqu'un qui doit s'attendre à la catastrophe et conjecturer, anticiper les situations les pires par rapport à la manière dont les choses peuvent se dérouler. Il faut raisonner en envisageant le pire et cela peut imprégner un caractère en entier. J'ai des clients sur écoute. Bernard Tapie a une intelligence raffinée, qui ne passe pas toujours par la forme. Il n'est pas ce qu'il montre. J'espère être un bon stratège, il est un bon guerrier. Il m'est arrivé de lui dire le contraire de ce que je pensais en sachant qu'on était sur écoute et justement parce qu'on était sur écoute. Benoît Hamon a proclamé : « Je ne vois pas le problème d'être écouté, si l'on n'a rien à cacher. » C'est l'exact inverse de ce que je pense et de ce que je suis. Je ne supporte pas l'idée d'être écouté, même si je n'ai rien à me reprocher. Je parle à beaucoup de gens qui sont sur écoute, donc je finis par faire comme si on ne l'était pas. Je n'oublie pas que nous sommes entendus, mais je me refuse à parler un langage codé.

Je plains les gens qui regardent par le trou de la serrure. Dans une société marquée par un inquiétant recul du droit au secret, les écoutes judiciaires posent plusieurs problèmes à l'égard des avocats. Il existe deux choses différentes : il y a l'interception de la conversation et il y a sa retranscription. Aujourd'hui, quelle est la règle ? Je suis policier ou juge et j'écoute M. Dupont qui a pour avocat maître Temime. J'écoute toutes les conversations entre M. Dupont et maître Temime et je ne retranscris rien. Je retranscris seulement si, à l'occasion de ces conversations, on peut soupçonner que maître Temime est en train de commettre une infraction. C'est l'état du droit tel qu'il a été développé au fil des années. Le problème réside dans un point précis : avant de décider de retranscrire ou de ne pas retranscrire la conversation, il faut l'entendre dans sa longueur. Je me place, moi, qui écoute M. Dupont, dans la position d'entendre la totalité de l'entretien avec maître Temime. Il existe des solutions pour résoudre ce problème, mais il faudrait déjà avoir envie d'y remédier. Les juges et les enquêteurs arguent qu'il n'y a rien de litigieux puisqu'ils ne retranscrivent pas les propos. Or, moi, je ne veux pas qu'on m'écoute. Je milite pour le droit et le devoir de ne pas savoir. Je ne veux pas être au courant de ce que dit un juge à un enquêteur, un procureur. Je ne veux pas qu'un juge prenne connaissance de mes conversations avec mon client. Le juge n'a pas à connaître les confidences que peut me faire un client, les conseils que je peux lui donner et les décisions qui sont prises à la suite de nos discussions. Le secret est le cœur même de la défense pénale. Dans une défense pénale, on se dit de multiples choses en se préparant pour le procès. On passe son client à la question, on lance différentes pistes. Un client confie de nombreuses choses à son avocat et ce dernier peut lui suggérer de ne pas en rendre compte publiquement. Personne n'a à le savoir. Ni les policiers, ni les juges ne doivent écouter les échanges entre un avocat et son client. Retranscription des propos ou pas.

Je ne mythifie pas la justice américaine, mais il y existe un bon système. Quand quelqu'un fait l'objet d'investigations, on se renseigne pour connaître le nom de son ou ses avocats et son ou ses numéros de téléphone. Quand le numéro s'affiche, l'écoute s'arrête aussitôt. C'est une nécessité. Il faut accepter ce respect absolu sinon on va arriver à une dilution du métier d'avocat et du fonctionnement de la justice. On va être de plus en plus soumis à des obligations de dénonciation dans des domaines élargis. On va rogner et renier le champ du secret au profit d'une extension du domaine de la transparence et du principe de précaution. On peut prendre comme exemple le secret professionnel du médecin face aux violences conjugales. Je suis pour le maintien absolu du secret médical. Le médecin ne doit pas devenir un informateur, un auxiliaire de justice. Mais un médecin digne de ce nom ne va évidemment pas rester inerte face à une patiente victime de violences conjugales. L'avocat sait énormément de choses dans les histoires de divorce. Il est naturellement tenu au secret. Seul ce qui est montré à l'audience, devant le juge, à la police, a une existence. Le reste fait partie du secret professionnel. Le secret n'est pas une protection mais une obligation. C'est un devoir qui pèse sur l'avocat pour protéger l'intérêt général de la justice.

Le secret professionnel est déterminant dans la profession d'avocat. Il est sans cesse attaqué et il faut se battre pour le préserver. On peut craindre que le secret professionnel de l'avocat ne constitue de plus en plus une exception. Il y a en France une grande culture du secret professionnel chez les avocats et les obligations de dénonciation en matière de blanchiment d'argent ont fonctionné sans excès. Il ne faut rien concéder sur le cœur de la défense pénale et ce, dès le premier stade. Il faut prendre l'hypothèse extrême. Il est nécessaire que quelqu'un puisse venir voir un avocat en disant: «J'ai fait ça. Qu'est-ce qui peut m'arriver?» On doit pouvoir parler à son avocat sans être poursuivi. Le secret professionnel n'est pas un privilège de l'avocat, c'est une obligation pour lui et un droit fondamental du justiciable. Si l'on adhère à ma thèse, le prix à payer est infime: il s'agit de ne pas être au courant – par ce procédé-là – des petites et rares infractions commises par des avocats, et seulement quand elles sont en lien avec leurs clients car pour toutes les autres rien n'interdit d'écouter et a fortiori de retranscrire les conversations entre un avocat et les personnes qui ne sont pas ses clients. Elles devront simplement être découvertes autrement que par les écoutes téléphoniques. Le gain est, en revanche, majeur. La relation entre quelqu'un qui est défendu et son avocat ressort du secret absolu. Il ne s'agit pas d'impunité. S'il y a des soupçons contre un avocat, on peut venir perquisitionner chez lui, par exemple. On peut et doit traiter l'avocat comme un citoyen ordinaire, on peut même l'écouter, y compris dans l'exercice de sa profession, sous réserve de respecter le secret professionnel à l'égard des clients qui ne sont pas concernés par les soupçons dont il fait l'objet. C'est capital. Nous sommes, nous avocats, en danger parce qu'au fond il y a un double mouvement : les juges comprennent la place de l'avocat dans les procédures et, en même temps, ils aimeraient avoir un droit de regard dessus. Le secret et la liberté marchent toujours ensemble. On a ironisé sur le contenu des conversations entre Nicolas Sarkozy et Thierry Herzog dans le cadre de l'affaire dite Bismuth. Qui, dans le cadre d'une conversation privée, n'a pas tenu des propos de plus ou moins bon goût ? Dans une affaire récente, j'ai refusé de me servir de mails informels entre un juge et un procureur, qui se trouvaient dans le dossier. Ce qui vaut pour moi vaut pour les autres. Il ne me viendrait pas à l'idée de vouloir connaître la source alimentant certains articles dans des affaires en cours. Les investigateurs se défendent mieux que les avocats. Quand il y a des perquisitions à Mediapart ou au *Canard enchaîné*, les journalistes ne se laissent pas faire et ils ont raison. En tant qu'avocat, je veux conserver ma liberté de parler à qui je veux, quand je veux, comme je veux. Le phénomène est général. Ce qui atteint le métier atteint la société. Dans ma jeunesse, on trouvait merveilleux de conserver le secret de ce que l'on faisait. Aujourd'hui, il faut montrer à un nombre maximal de gens les faits et gestes de son intimité. Le grand programme d'aujourd'hui: personne n'a plus de secret pour personne car le secret est suspect. Même le secret professionnel.

Exposé de l'affaire dite Bismuth

Thierry Herzog est donc l'un de mes plus vieux amis. Je l'ai rencontré en octobre 1980, à la cour d'assises de Paris, au procès de Philippe Maurice, dernier condamné à mort, gracié par François Mitterrand. Thierry Herzog était le collaborateur de Jean-Louis Pelletier, avocat de Philippe Maurice avec Philippe Lemaire. Jean-Louis Pelletier était le plus grand pénaliste de l'époque. Un immense avocat et le digne fils d'Émile Pollak. Durant deux décennies, il a représenté la grande référence avec Henri Leclerc. Il a été le défenseur entre autres de Jacques Mesrine, Valérie Subra, Dany Leprince. Jean-Louis Pelletier incarne le meilleur de la grande tradition des avocats d'assises. Il était aussi d'une véritable humilité. Une des meilleures plaidoiries que j'aie jamais entendues est celle où Jean-Louis Pelletier plaidait pour un homme qui avait passé le plus clair de sa vie en prison. L'homme avait une trentaine d'années, il était dans les quartiers de haute sécurité. Jean-Louis Pelletier a fait preuve d'un pouvoir d'évocation inouï. Chacun pouvait s'identifier à un braqueur multirécidiviste, détenu en quartier de haute sécurité. Jean-Louis Pelletier était adoré de nous. Il venait d'Aix-en-Provence, il avait un accent méridional, il défendait les voyous. On aurait pu tomber dans tous les clichés avec lui. Mais il était d'une grande probité.

J'avais vingt-deux ans et j'étais alors inscrit au barreau de Versailles. Thierry Herzog venait, lui, d'entrer au cabinet de Jean-Louis Pelletier et je peux parler de coup de foudre amical. Nous nous sommes installés, en janvier 1983, quai Saint-Michel à Paris. Nous avons des goûts communs. Un amour immodéré de la dérision, du second degré, de la moquerie. Je ne peux pas compter le nombre de fous rires que j'ai eus grâce à lui et avec lui. Il est beaucoup plus complexe que l'image qu'il peut renvoyer à travers les médias. Il est même très complexe et très sensible. Pudique, généreux, drôle, enfantin. Il a des principes. Thierry Herzog est un ami dont on ne se pose pas la question de savoir s'il sera là en cas de problème. Il est là. Le cœur sur la main et d'une grande ouverture d'esprit, Thierry Herzog est la fidélité incarnée. Il est fan d'Hallyday-Chirac-Sarkozy. On ne comprend rien à lui si l'on ne garde pas ça en tête : il fait les choses au premier et au second degré. Entre nous, il y a plus que des affinités, il y a une fraternité. À un moment, on s'appelait tous les jours à heure fixe de la journée. Aujourd'hui, je le défends dans l'affaire dite Bismuth.

Nous vivons dans une grande période d'incertitude juridique. Le caractère privé de la relation entre un avocat et son client est fondé sur une jurisprudence dont le dernier état est l'arrêt qui a été rendu par la Cour de cassation dans l'affaire Bismuth. Il signifie que si l'avocat parle avec un client qui n'est pas mis en examen, qui n'est pas témoin assisté, qui n'a pas été gardé à vue, qui n'est pas convoqué, le secret n'est pas protégé. Cet arrêt a été rendu à l'occasion des relations entre Nicolas Sarkozy et Thierry Herzog. Les écoutes se déroulaient dans un cadre où Nicolas Sarkozy n'était pas encore officiellement poursuivi. Il a été considéré que les propos échangés entre eux n'avaient pas à être tenus pour secrets. Or non seulement il était de notoriété publique que Thierry Herzog était l'avocat de Nicolas Sarkozy quand les écoutes ont été lancées mais, en outre, les conversations qui ont été retranscrites portaient sur un pourvoi en cours dans une affaire où Nicolas Sarkozy avait été mis en examen à Bordeaux et venait tout juste de bénéficier d'un non-lieu. Le secret professionnel doit s'appliquer à la totalité de la relation client et avocat, indépendamment de tout statut procédural. Nous sommes sinon dans la fin du métier d'avocat, plus personne ne pourra être défendu convenablement. Le secret professionnel n'est pas là pour protéger seulement l'avocat ou le client. Je le redis : nous avons affaire à une règle d'ordre public, qui protège le bon fonctionnement de la justice. J'ai défendu des magistrats. S'ils avaient su que, sous prétexte de n'être pas mis en examen, nos conversations pouvaient être écoutées, il y a bien des choses que je n'aurais pas entendues.

Pour qu'un avocat soit placé sur écoute, il faut qu'il soit suspect. Le juge doit avoir des raisons de penser qu'il a pu commettre une infraction. Si l'on pense que j'ai pu commettre une infraction, je trouve normal que l'on me place sur écoute. Je n'y vois aucun inconvénient. Si je suis placé sur écoute, et sous réserve qu'on respecte le secret professionnel de mes relations avec les clients qui ne sont en rien concernés par les soupçons dont je fais l'objet, je trouve aussi normal que l'on retranscrive mes propos. Même si les soupçons dont je fais l'objet sont liés à mon activité professionnelle. Nous-mêmes, en tant qu'avocats, nous sommes en relation avec des personnes qui ne sont pas nos clients et qui sont sur écoute. Là encore, aucun problème. C'est la loi, c'est la règle. Les écoutes doivent être absolument circonscrites à quelque chose d'exceptionnel, mais en aucun cas on ne doit pouvoir être au courant des conversations entre un avocat et son client.

Je ne me bats pas, à travers Thierry Herzog, pour l'avenir du métier. Le secret professionnel de l'avocat doit être défendu et non l'impunité professionnelle des avocats. Il ne s'agit pas d'un réflexe corporatiste. Je ne défends pas une cause à travers Thierry Herzog car je défends plus qu'une cause. Je défends un homme accusé à tort d'un fait pour lequel il doit être jugé. La défense du secret professionnel est une petite part de la défense de Thierry Herzog. Cette défense-là a été menée dans le cadre de l'instruction et elle a été perdue. Il s'agit d'une défaite provisoire.

L'affaire. Quand Nicolas Sarkozy a quitté ses fonctions de président de la République, il pouvait aisément penser qu'il allait être écouté, soit de manière sauvage, soit dans le cadre d'écoutes judiciaires. Les écoutes sauvages sont illégales, alors que les écoutes judiciaires sont légales. Nicolas Sarkozy était à la fois ancien président de la République et futur chef de l'opposition. Nicolas Sarkozy et Thierry Herzog, son avocat, ont considéré qu'il leur était nécessaire d'échanger en toute confidentialité. Thierry Herzog, en accord avec Nicolas Sarkozy, a eu l'idée d'utiliser des TOC, c'est-à-dire des téléphones dédiés. Il a ouvert des lignes sous des faux noms, dont celui de Paul Bismuth. Le principe d'une ligne dédiée étant que le numéro appelle exclusivement l'autre numéro. Ils ne peuvent converser qu'entre eux. Il existe d'autres systèmes pour déjouer les écoutes, par exemple les PGP, les téléphones cryptés. La ligne normale de Nicolas Sarkozy était placée sur écoute par le juge Serge Tournaire. Le juge a compris, à un moment, que Nicolas Sarkozy utilisait un autre numéro de téléphone. Il a alors placé cette autre ligne sur écoute. Il a fait retranscrire des bouts de conversations tenues entre Nicolas Sarkozy et Thierry Herzog sur la ligne dite Paul Bismuth. Il a communiqué ces fragments au parquet en vue d'appréciations d'éventuelles poursuites. On retrouve la règle : les propos entre un avocat et son client ne peuvent pas être retranscrits s'ils sont écoutés, sauf s'ils révèlent la participation de l'avocat à une infraction. Avec ici la particularité que plusieurs bribes de conversations ont été retranscrites, alors qu'elles ont été tenues séparément et sans révéler à elles seules la moindre infraction. Un détournement manifeste de la règle qui aurait dû, selon moi, être sanctionné. À partir de là, une enquête et une instruction ont été ouvertes. Thierry Herzog, Nicolas Sarkozy et le magistrat Gilbert Azibert ont été poursuivis pour des faits de corruption et trafic d'influence et pour violation du secret de l'instruction. Les conversations écoutées puis retranscrites dans le cadre de l'instruction ouverte auraient révélé une intervention de Gilbert Azibert à la Cour de cassation, lui étant avocat général dans une chambre civile, pour obtenir des informations ou en vue de peser sur une décision à rendre par la Cour de cassation sur un pourvoi formé par Nicolas Sarkozy sur la saisie des agendas dans l'affaire Bettencourt. Ce pourvoi est un pourvoi de pur principe car Nicolas Sarkozy avait obtenu un non-lieu. Il y a même un problème d'intérêt du pourvoi. N'était-il pas dérisoire ? Voilà l'affaire. La retranscription de propos de Nicolas Sarkozy et de son avocat Thierry Herzog censée révéler la participation de l'avocat et de l'ancien président à des faits de corruption et de trafic d'influence avec le magistrat Gilbert

Azibert. On peut penser ce que l'on veut du procédé utilisé par Thierry Herzog, mais cela ne constitue pas une infraction. Les policiers et les juges qui ont écouté Thierry Herzog et Nicolas Sarkozy sur la ligne Bismuth ont nécessairement compris tout de suite que cette ligne était dédiée à leurs conversations et, à partir de là, ils n'auraient rien dû écouter. Ils savaient que Nicolas Sarkozy et Thierry Herzog étaient dans une relation professionnelle. Nicolas Sarkozy n'était pas mis en examen, mais il y avait ce pourvoi en cours, des affaires dont celle du financement libyen présumé de la campagne de 2007 où il était de notoriété publique que Nicolas Sarkozy était défendu par Thierry Herzog. Ce dernier avait déposé plainte, au nom de Nicolas Sarkozy, contre Mediapart. On peut considérer, à tort ou à raison, qu'un avocat ne doit pas ouvrir une ligne dédiée avec son client, mais on n'avait pas à écouter un seul des propos tenus entre l'avocat et son client. Il faut souligner que nous sommes en 2014, lorsque Thierry Herzog ouvre cette ligne dédiée. Personne n'utilisait alors WhatsApp, Telegram ou Signal. De nos jours, tous les avocats communiquent avec leurs clients sur des applications cryptées pour les conversations téléphoniques et c'est tout à fait légitime. Le système des TOC a permis aux procureurs de dire que Nicolas Sarkozy et Thierry Herzog s'étaient comportés comme des « délinquants chevronnés ». Ces propos sont proprement scandaleux. Aujourd'hui, les juges, les avocats, les journalistes, les patrons du CAC 40 communiquent de manière à ne pas pouvoir être écoutés techniquement. Je n'ai personnellement jamais utilisé de TOC, mais je trouve inadmissible qu'on écoute mes conversations avec mes clients. J'ai le plus profond mépris pour les gens qui le font. *Le Monde* puis Mediapart ont révélé l'affaire. Ils ont fait leurs choux gras non seulement des faits, mais aussi du contenu des conversations au langage fleuri. Thierry Herzog parlait notamment des « bâtards de Bordeaux » à propos des juges bordelais enquêtant sur l'affaire Bettencourt. Je connais Thierry Herzog et je connais le ton de nos conversations. Elles sont presque toujours au second degré.

Dans *Les mots volés*, Edwy Plenel, journaliste et fondateur de Mediapart, tient des propos auxquels j'adhère pleinement. Il a emprunté le titre du livre à François Mitterrand. L'ancien président de la République écrivait dans *La paille et le grain*, à la suite de la découverte d'un trou destiné à un micro dans les locaux du *Canard enchaîné*: « Je ne puis m'empêcher de penser que la dictature du micro est aussi celle des idiots. Que font-ils donc de ces millions de mots volés ? » Dans son livre, Edwy Plenel écrit des phrases que je reprends volontiers à mon compte : « Un dialogue au téléphone, c'est comme une conversation avec soi-même. Si l'interlocuteur est un intime, on s'y livre, on s'y met à nu, on y pense tout haut, on parle trop vite, on exprime ce qu'on ne pense pas vraiment, on ment, on profère des bêtises, on dit n'importe quoi, on affirme comme vérité ce dont on doute profondément, on émet des hypothèses... » Je ne saurais mieux dire. Et d'ailleurs, dans une bonne administration des règles de preuves, des mots lâchés au téléphone ne valent rien s'ils ne sont pas corroborés par des faits ou d'autres indices. D'autant plus quand une personne rapporte les actions d'une autre.

Les enjeux de l'affaire dite Bismuth

Sur le fond de l'affaire, une particularité doit être soulignée : il s'agit d'une affaire de corruption où le pourvoi a été rejeté, donc la décision souhaitée n'a pas été obtenue. On ne sait même pas si le magistrat Gilbert Azibert a effectivement convoité un poste à Monaco, mais on sait que Nicolas Sarkozy n'a pas effectué de démarche dans ce sens-là. Même en passant les conversations à la moulinette, rien ne tient la route dans cette affaire. Pour qu'il y ait une infraction, il aurait fallu que Thierry Herzog ait demandé quelque chose à Gilbert Azibert et que Gilbert Azibert ait fait quelque chose en contrepartie ou dans l'attente d'une aide pour un poste à Monaco. Tout est ici une aberration. Nicolas Sarkozy l'a bien dit lorsqu'il a été présenté devant les magistrats instructeurs : « En résumé M. Azibert n'a pas obtenu satisfaction à Monaco, je n'ai pas fait d'intervention pour M. Azibert, et la Cour de cassation ne m'a jamais donné satisfaction. » L'affaire est dérisoire de bout en bout, mais je ne peux en ignorer l'importance symbolique pour certains.

J'ai été frappé de ce qui arrivait à Thierry Herzog et j'ai été à ses côtés immédiatement. Il existe une affaire dans l'affaire. J'ai été l'avocat de Bernard Tapie. L'agenda de Nicolas Sarkozy qui était l'objet du pourvoi à la Cour de cassation dans l'affaire Bettencourt était relatif à la saisie des agendas du président de la République pour des raisons constitutionnelles. Ces agendas révélaient l'existence de rendez-vous avec Bernard Tapie. Le seul intérêt d'une cassation éventuelle était d'essayer d'interdire l'utilisation de ces agendas dans d'autres procédures et notamment dans la procédure Tapie. Quand je défendais Bernard Tapie à l'instruction, j'ai préparé un projet de requête en nullité. Parmi les moyens de nullité auxquels j'avais pensé, il y avait une demande d'annulation de toutes les mentions relatives à l'agenda présidentiel et aux rendez-vous avec Bernard Tapie. Pour un motif constitutionnel, on peut considérer qu'on n'a pas à saisir les agendas présidentiels. La démarche a été faite sans aucune concertation avec Thierry Herzog à qui je n'en ai jamais parlé et qui ne m'a jamais interrogé sur ce point précis. Nos rendez-vous avec Bernard Tapie sont toujours téléphoniques. Nous nous répondons l'un à l'autre tout de suite. Un jour, je rends visite à Bernard Tapie. Je lui montre la totalité des éléments, dont la requête en annulation concernant les agendas. Il me dit : « Tu gardes tout, à part ça. Tous ces rendez-vous ont bien eu lieu. » Le pourvoi était en cours, nous aurions dû avoir des intérêts liés, Nicolas Sarkozy et Bernard Tapie, Thierry Herzog et moi. Nous n'avons pourtant jamais évoqué le sujet ensemble. Je l'ai soulevé dans mon coin puis je l'ai enlevé à la demande de Bernard Tapie.

Thierry Herzog est un homme intègre. Entre le sens de la plaisanterie, le goût de la moquerie, et le fond d'un caractère, il existe des différences. Il a été affecté car il a fait l'objet de perquisitions multiples et d'une garde à vue prolongée avec une nuit au commissariat et un déferrement. Il n'y avait pas de raison qu'il subisse un traitement différent d'un autre, mais ce fut violent à vivre pour lui et injustifié. Cette affaire l'a atteint profondément. Thierry Herzog n'a pas de carapace. Les choses le touchent. Il ne m'a alors pas demandé de le défendre. J'ai été là. J'ai suivi l'évolution de l'affaire. Les avocats ont considéré, de manière massive, que l'on avait porté atteinte au secret professionnel. Et encore ne savait-on pas que l'enquête préliminaire parallèle, qui a été scandaleusement dissimulée à la défense de Nicolas Sarkozy et de Thierry Herzog, allait révéler un incroyable mépris de certains magistrats du Parquet national financier pour le secret professionnel des avocats. Les factures détaillées de nombreux avocats ont été obtenues, disséquées, sans motif et sans limites. Certains avocats ont été géolocalisés. Des procédés disproportionnés et déloyaux dans le but d'atteindre Nicolas Sarkozy et, accessoirement, son avocat. On espérait que les retranscriptions seraient annulées et ce ne fut pas le cas. La Cour de cassation a rendu un arrêt inacceptable et jugé scélérat pour la quasi-totalité des avocats, comme si le secret n'existait pas en dehors des situations où quelqu'un est mis en examen ou placé en garde à vue. Il y a eu un arrêt incompréhensible et une validation de la retranscription des écoutes dans cette affaire. Le secret professionnel des avocats existe tout le temps. On est là dans un recul dramatique que j'espère provisoire. Je suis entré en jeu quand il a été décidé par les juges que Thierry Herzog serait jugé par le tribunal correctionnel de Paris. Il n'était pas simple pour lui de confier une charge lourde à un ami et il devait se demander si j'aurais suffisamment de distance personnelle par rapport au dossier. Il me l'a finalement demandé et la question d'accepter ou non ne s'est pas posée une seconde. L'affaire n'est pas gagnée d'avance car aucune affaire n'est gagnée d'avance. Il existerait trois vérités: politique, médiatique, judiciaire. Il y a des affaires où il vaut mieux sortir en prenant le risque d'être condamné plus sévèrement, mais avec la tête haute. En ce qui me concerne, la seule vérité qui vaille est judiciaire. Je me sens totalement solidaire de ce que vit Thierry Herzog. Mais l'essentiel est ailleurs. J'ai étudié le dossier, les faits, le droit, dans tous les sens. Je suis arrivé à la certitude que Thierry Herzog ne doit pas être condamné et même qu'il n'aurait jamais dû être jugé. Avec le bâtonnier Paul-Albert Iweins, son premier et principal avocat, nous exposerons sa défense devant le tribunal avec la détermination absolue de le démontrer.

Sixième partie

ÉTAT DES LIEUX

La justice progresse-t-elle ?

La violence est inhérente à la justice pénale. On ne peut pas en faire l'économie. C'est comme si un chirurgien voulait opérer un patient sans le toucher. On vous recoudra, vous en sortirez peut-être indemne mais, en attendant, vous êtes sur la table d'opération. La pratique judiciaire doit rendre la violence acceptable. La justice est avant tout dépendante de la matière humaine. On voit des gens qui sont condamnés en première instance et acquittés en appel et inversement. Jean-Yves Liénard avait beaucoup de distance sur tous les projets de réformes et soutenait qu'en matière de procédure pénale, on pouvait changer tous les systèmes que l'on voulait, comme on voulait, tout se résumait en définitive à une question d'homme ou de femme. Quand on est attaché au secret, on sait que la nature humaine est un mystère. Dans ce domaine, on ne peut jamais rien prévoir avec certitude. Il faut améliorer le code de procédure pénale mais, à part quelques réformes importantes à la marge, le vrai sujet est la qualité et la gestion des ressources humaines de la magistrature. Qui mettre où ? On voit des gens inadaptés à leurs fonctions et on constate d'importants dysfonctionnements. Les meilleurs juges ne sont pas toujours récompensés et inversement. Je ne connais pas beaucoup de métiers où l'on a un pouvoir si grand sur son prochain. Les magistrats n'ont sans doute pas la reconnaissance sociale qu'ils mériteraient mais leur pouvoir est surhumain car nous ne sommes pas dans une science exacte. Le procureur Pierre Truche a dirigé l'École de la magistrature en 1977-1978. Il répétait aux auditeurs de justice : « Vous allez exercer un métier dangereux. Dangereux pour les autres. Ne l'oubliez jamais. »

Je me souviens d'une magistrate admirable, dans une histoire anonyme. Je défendais le père d'un ami, accusé d'attouchements sexuels répétés sur la fille, âgée de neuf ou dix ans, d'une ancienne employée de maison. Cet homme était littéralement détruit par l'accusation. Le dossier était rempli d'incohérences. Mon client n'obtient pas de non-lieu et il est jugé en correctionnelle. J'arrive à Chartres pour le procès. Nous avions demandé, sans l'obtenir, une confrontation avec l'enfant. L'expert psychiatre s'y était opposé. J'arrive en avance et j'aperçois une dame avec une petite fille. Mon client me confirme que ce sont bien la mère et la fille qui l'accusent. L'audience commence. La présidente connaissait parfaitement le dossier et en avait perçu toute la fragilité. Elle pose des questions à mon client. Elle a vu, comme tout le monde, que la mère était venue avec sa petite fille. Elle interroge à son tour la mère et lui demande la permission d'entendre sa fille. Elle l'a questionnée avec beaucoup de délicatesse et l'enfant a avoué qu'elle s'était contentée de répéter ce que sa mère lui avait demandé de raconter. Tout était faux. La petite fille avait sans doute besoin de se libérer de son lourd secret. La magistrate a su la mettre en confiance et lui faire dire la vérité. J'espère que j'aurais réussi à faire relaxer mon client sans cette intervention, mais j'aurais été incapable de faire parler une enfant comme l'a fait la présidente avec une telle finesse et une telle empathie.

Nombre de modifications législatives sont nécessaires. La seule grande réforme institutionnelle qui se justifie serait une indépendance des magistrats du siège et des magistrats du parquet. Les magistrats du parquet sont les avocats de la société. Ils requièrent l'application de la loi. Ils demandent les condamnations et les peines. Ce sont les procureurs. Les magistrats du siège, eux, jugent. Ils délibèrent. Ils décident si la preuve est rapportée et quelle est la peine. Ils sont les arbitres entre le parquet et la défense. Toute l'évolution de la justice, à travers notamment la Cour européenne des droits de l'homme, tend vers l'établissement d'un procès équitable au moyen de différents principes, dont celui de l'« égalité des armes » entre le procureur et la défense et celui de l'impartialité des juges du siège. Cette impartialité signifie que le juge du siège doit être à équidistance des parties. La balance qui représente la justice symbolise aussi cet équilibre-là. Le trébuchet, c'est le juge du siège. Je magnifie les juges du siège car leur fonction est déterminante dans une société comme la nôtre. Qu'est-ce que l'on peut opposer aux lynchages médiatiques et aux déferlements des réseaux sociaux ? La loi. Qui applique la loi ? Les juges. Le bon magistrat est celui qui traite le parquet comme il traite la défense. Les avocats, eux, exercent une profession libérale. Ils n'ont pas de lien avec les magistrats du siège, mais il y a parfois un climat de méfiance. En ce qui concerne le parquet, ils viennent de la même école. Le vrai danger n'est pas le lien entre les magistrats du parquet et le pouvoir politique, mais bien celui entre les magistrats du siège et ceux du parquet. Il faut tout faire pour protéger l'indépendance des magistrats du siège. Elle est sacrée. Comment respecter cette indépendance, cette équidistance, alors qu'ils font partie du même corps ? Les magistrats sont le plus souvent réservés sur cette question-là. Les pénalistes, qui sont rarement d'accord entre eux sur les réformes, se rejoignent pourtant sur la question de la séparation des magistrats du siège et des magistrats du parquet. C'est la grande réforme institutionnelle espérée.

Le progrès serait immense si les juges acceptaient de bon cœur notre droit au secret. Ils ont tellement de pouvoir par rapport aux avocats. Je n'ai pas, moi, le pouvoir de les placer sur écoute, de venir chez eux pour une perquisition en commentant en riant leurs photos de famille. Je leur demande de nous laisser notre unique pré carré, le secret professionnel. Les avocats ont peu de pouvoir, mais cela les rend encore plus libres. Nous ne sommes pas liés à la découverte de la vérité car nous n'avons aucun moyen de la trouver. Notre vraie liberté, c'est notre défense du secret. Les meilleurs avocats respectent la déontologie, pas nécessairement par vertu morale mais par nécessité professionnelle. On ne peut pas compter dans la profession si l'on n'est pas à l'abri des reproches. Les juges nous voient selon ce qu'ils imaginent de nous. Ils imaginent ce qu'ils feraient peut-être à notre place et non ce que l'on fait réellement. Si l'on ne respecte pas la déontologie, il n'existe pas de durée possible et de nuits tranquilles dans nos métiers. Je crois à la nécessité d'une vertu civique. Nous, avocats, nous n'avons aucun pouvoir et nous aimons ça. Nous aimons dénoncer le pouvoir des juges et non jouir de notre prétendu pouvoir. Le secret doit être un tabou inviolable.

La justice progresse-t-elle ? Dans certains domaines, c'est le cas. Nous avons au cabinet une parité absolue et naturelle. L'égalité des revenus a toujours été une évidence pour moi. La féminisation de la profession est un réel progrès. Le pénal a été pendant longtemps une chasse gardée des hommes. Il y a de plus en plus de femmes pénalistes de qualité. Elles ont longtemps eu du mal à se faire un chemin à travers la misogynie du milieu et une pratique de la défense pénale très virile. Depuis une dizaine d'années, on sent une montée en puissance des femmes pénalistes. Elle est salutaire, positive, nécessaire. Des avocates comme notamment Frédérique Baulieu, Marie Dosé, Corinne Dreyfus-Schmidt, Jacqueline Laffont sont de véritables locomotives pour les autres femmes. Elles comptent parmi les avocats les plus valeureux, les plus efficaces. Au sein du jeune barreau, il y a un vivier plein de jeunes femmes talentueuses. Les années qui viennent seront, à mon avis, marquées par la prise de pouvoir des femmes avocates au barreau pénal. La pétition des 114 avocates dans *Le Monde*, en mars 2020, rappelant la présomption d'innocence et la prescription à la suite de la soirée des Césars qui a distingué Roman Polanski, est un marqueur de cette nouvelle donne.

Les hommes et femmes politiques ont des progrès à faire en matière de respect de la justice. Les ministres ne respectent pas la séparation des pouvoirs et se mêlent de plus en plus du fonctionnement de la justice. Marlène Schiappa, ancienne secrétaire d'État chargée de l'Égalité entre les femmes et les hommes, a multiplié les atteintes au bon fonctionnement de la justice. Le président de la République n'a pas non plus à intervenir, comme il l'a pourtant fait dans l'affaire Sarah Halimi. Le non-respect du secret de l'instruction est presque toujours le non-respect de la présomption d'innocence. La violation du secret de l'instruction par des ministres conduit à piétiner le principe de séparation des pouvoirs. C'est extrêmement dommageable. Les violations sont le plus souvent conduites par démagogie ou par pur intérêt électoraliste. Il est grave que la violation du secret de l'enquête conduise à ce que des victimes se voient jetées en pâture sur la place publique, alors que nombre d'entre elles souhaitent que la justice aille à son terme dans le secret et l'anonymat. Quand les politiques interviennent, en matière de justice, c'est rarement à bon escient.

J'ai hérité un jour d'une affaire incroyable. Elle concernait le responsable du protocole au ministère algérien des Affaires étrangères. Mon client, Mohamed Ziane Hasseni, est arrêté en 2008. Il est accusé d'avoir commandité l'assassinat, en 1987, à Paris, d'un opposant politique, maître Ali Mécili. Je le défends avec Jean-Louis Pelletier. Le ministre de l'Intérieur est à l'époque Charles Pasqua. Le criminel, le principal suspect, a été arrêté. Il est renvoyé en Algérie, en 1987, avant d'avoir pu être déféré devant un juge d'instruction. La décision a été motivée par l'« urgence absolue ». Nous arrivons en 2008. Mon client Mohamed Ziane Hasseni se retrouve arrêté pour « complicité d'assassinat », remis en liberté sous contrôle judiciaire, avec interdiction de quitter le territoire français. Les tensions diplomatiques entre l'Algérie et la France ont été constantes durant toute l'affaire. Le pouvoir politique algérien fait pression pour qu'on laisse mon client en paix. Le ministre des Affaires étrangères était alors Bernard Kouchner et la garde des Sceaux Rachida Dati. On a fini par démontrer l'innocence de mon client. Mohamed Ziane Hasseni a obtenu un non-lieu en 2010. La pression politique, insupportable pour le juge, s'exerçait cette fois-ci au bénéfice d'un innocent. Le magistrat instructeur, en toute bonne foi et en toute naïveté, n'avait pas pu imaginer que le pouvoir politique algérien fasse pression pour autre chose que pour couvrir un coupable.

D'une manière générale, la justice progresse dans une époque inquiétante. Nous vivons un temps où il y a un incontestable recul du goût pour la liberté et donc pour les libertés. Mais sur plus de quarante ans d'exercice de mon métier d'avocat, j'ai vu la justice pénale s'améliorer grâce à l'évolution du droit et à la jurisprudence de la Cour européenne. La première fois que j'ai plaidé à la chambre d'accusation, j'ai prononcé l'expression « présomption d'innocence » et la cour a eu un fou rire. Nous venons de là et je ne l'oublie pas. Dans les années 80-90, la détention provisoire était la règle et elle était extrêmement longue. Les droits de la défense demeuraient la portion congrue de la justice. On ne pouvait pas faire appel des décisions de cour d'assises jusqu'en 2000. Il y a eu de grands progrès, généralement portés par la gauche, en matière de droits de la défense. Mais la justice reste critiquable et elle doit être réformée. Elle a beau avoir progressé, il ne s'écoule pas une semaine dans notre cabinet sans que des décisions prises nous révoltent. Nous continuons à être, avec raison, dans la critique. Donc, dans l'ensemble, la justice a progressé, mais on peut néanmoins nourrir une crainte quant à une évolution récente de lois multiples qui vont systématiquement dans le sens de la régression des libertés et d'une répression accrue, inquiétante et injustifiée.

La nature humaine

Les experts psychiatres sont confrontés à la complexité humaine et ont un poids moral énorme sur leurs épaules. Les expertises psychiatriques ne sont obligatoires que dans les affaires criminelles. Ce n'est pas une science exacte. Les experts psychiatres ont un rôle important à jouer dans la procédure judiciaire car leur décision peut permettre de conclure à l'irresponsabilité pénale de la personne poursuivie. S'ils considèrent qu'il y a une abolition du discernement, il y a un abandon des poursuites. On peut adjoindre à l'expertise psychiatrique une expertise médico-psychologique plus axée sur le caractère, le parcours, de la personne. Dans les affaires correctionnelles, il peut y avoir les deux.

Au début des années 2000, les médias ont beaucoup parlé d'une affaire, étonnante notamment sur le plan humain. Une femme cadre de la BNP, qui habitait un appartement de moins de cinquante mètres carrés au-dessus du périphérique parisien, à Montreuil, a défrayé la chronique. Elle détournait de l'argent de la BNP pour acheter des montagnes d'objets précieux chez les plus grands antiquaires parisiens. Elle entassait antiquités et œuvres d'art dans son deux-pièces, dont une armoire Boulle et une commode Louis XV. Les virements émanaient de la BNP, donc les antiquaires étaient rassurés. De 2001 à 2005, la comptable a détourné plus de quinze millions d'euros de sa banque, dépensés auprès de vingt-sept antiquaires. Les enquêteurs ont fait une perquisition à son domicile. Ils ont découvert qu'elle avait une obsession d'achat d'objets. L'expertise psychiatrique et l'expertise médico-psychologique jouent un rôle important dans de telles affaires. Les antiquaires ont été blanchis et la femme a été condamnée à trois ans de prison dont neuf mois ferme pour escroquerie et abus de confiance.

Plus vous avez comme clients des gens pour qui la confrontation avec la justice est inattendue et plus le métier est passionnant humainement. Le délinquant vit au jour le jour avec la possibilité d'être condamné ; le criminel occasionnel sait que le couperet peut tomber à tout instant. Les affaires dont je m'occupe sont souvent à la marge. La coloration judiciaire et médiatique est loin de refléter la coloration humaine. On ne peut pas réduire une femme ou un homme à un acte, aussi horrible soit-il, car vous avez alors une vision partielle de ce qu'il est réellement. La première cliente que j'ai eue était une kleptomane. Dès qu'elle sortait de prison, son mari l'emmenait à la campagne pour qu'elle vole des fruits. On a découvert que sa mère était également kleptomane. Le métier d'avocat est un magnifique poste d'observation de la nature humaine. Ensuite, dans notre vie privée, il est nécessaire de tout oublier car, sinon, nous ne vivrions pas.

Quels que soient les ego que l'on a ou que l'on nous prête, quels que soient nos comportements ridicules et nos vanités, le métier d'avocat est une école de l'humilité. On peut donner le meilleur de soi-même et arriver à la catastrophe. L'avocat qui, en vieillissant, devient plus catégorique, mérite une expertise. On ne peut devenir que plus tolérant et moins affirmatif en pratiquant notre profession, tant les situations que l'on vit sont déroutantes. Le moindre de vos propos affirmatifs est sans cesse remis en question. J'étais un garçon peut-être compliqué, mais j'ai toujours été rationnel. Il y a des actes que je ne commettrai jamais. J'ai pourtant vu des choses ahurissantes, comme des riches qui volaient et des non-violents qui tuaient. La nature humaine est immuable. On recherche la vérité des hommes, mais on découvre qu'il n'y en a pas.

Nous sommes en 1995. Il s'agit de l'affaire des marchés des lycées d'Île-de-France, une affaire en cours qui concerne le conseil régional et donc indirectement Jacques Chirac. Je défendais Michel Giraud. *Le Canard enchaîné* publie une information selon laquelle un élu écologiste aurait reçu de la part de Michel Giraud une mallette avec un million de francs pour qu'il vote en sa faveur. Nous avons un an pour nous préparer. Les fuites se multiplient sur l'histoire. Il n'y a rien d'autre que cela. Nous étions parole contre parole. Mon client a reconnu les faits. Il était incapable de mentir, alors qu'il aurait suffi qu'il les nie pour que l'accusation s'effondre d'elle-même. D'une manière générale, il y a des gens qui passent pour des icônes et qui sont horribles; il y a des gens qui passent pour horribles et qui sont merveilleux. L'avocat est sans cesse secoué dans le peu de certitudes qu'il peut entretenir. J'ai déjà été témoin d'un homme qui préférait être condamné plutôt que de fournir un alibi où il apparaissait qu'il trompait sa femme. Quand j'étais jeune, j'ai vu aussi le faux alibi du vrai innocent. Je défendais un homme accusé d'assassinat avec préméditation. Un jour, la mère vient me voir: «J'ai témoigné à la police. Mon fils a un alibi.» L'alibi était faux et a été démonté par la police. La mère avait payé des gens pour fournir un alibi à son fils. Le fils était pourtant innocent.

La justice n'est pas un monstre froid. J'ai vécu des moments de profondes émotions durant des procès. Ils sont toujours liés à la qualité des débats. Le dernier procès de Maurice Agnelet a été si magistralement mené par le président Dary qu'il m'a libéré car il n'était pas naturel pour moi d'être partie civile. Il m'a relégitimé dans ma position de partie civile. Pour la mère de la victime, Renée Le Roux, il s'agissait du combat d'une vie. Nos chances de gagner étaient minces. Quand on a obtenu la condamnation de Maurice Agnelet, son soulagement a été immense. Elle y a laissé sa santé. À peine m'avait-elle remercié, suite à la condamnation, qu'elle a ajouté: «Mais cela ne me dit toujours pas où est le corps de ma fille.» Renée Le Roux n'aura pas eu un instant de répit. Elle n'a cessé de chercher le corps de sa fille. J'ai connu beaucoup de grands moments durant les procès. L'émotion est souvent là. L'adrénaline, toujours. La violence, régulièrement. L'humanité, constamment. Pourquoi aime-t-on tant Henri Leclerc ? Personne ne peut contester l'humanité et la vérité de l'avocat. On vit des instants de « naturel » extraordinaires. On aime ce métier à cause de la matière humaine. On est confronté à des choses qui nous dépassent, nous interpellent, nous bouleversent. J'ai vu Robert Badinter plaider dans une affaire de crime passionnel. Son intelligence, sa luminosité, sa capacité de compréhension et de restitution m'ont ébloui. Je me souviens encore qu'il avait permis à tous les observateurs du procès de comprendre une situation que personne ne saisissait réellement. On a toujours tant de choses qui nous surprennent, tant de choses à apprendre. Au-delà de ma fonction pure d'avocat, dans l'affaire des laboratoires Servier, je me demande : comment tout cela est-il possible ? Qu'est-ce qui s'est passé ? Quand on fait correctement notre métier d'avocat, on perd toute forme de manichéisme. Je vois de l'infiniment bon et de l'infiniment mauvais, mais dans la plupart des cas nous sommes dans la complexité. La somme de choses que l'on apprend n'est rien par rapport aux sensations, aux impressions que l'on éprouve. Le métier est difficile à saisir. Au bout de quarante et un ans, je comprends toujours qu'on puisse me poser cette question : « Comment pouvez-vous défendre un tel monstre ? » Pour nombre de personnes, défendre, c'est approuver. Ils ne comprennent pas la notion d'accompagnement, d'être « aux côtés de ».

J'ai plaidé récemment dans une histoire de viol collectif mettant face à face trois jeunes juifs pieds noirs du XVIe arrondissement de Paris et une jeune fille issue d'une famille catholique. Je défendais un client parmi les trois jeunes hommes accusés de viol. Je n'avais pas voulu que les parents de mon client prennent contact avec ceux de la partie civile car cela aurait été mal perçu par l'institution judiciaire. Mon client obtient un verdict de condamnation modéré, après des débats tenus par un président honnête à la cour d'assises des mineurs. Les débats n'étaient pas publics, mais le délibéré est, lui, public. Quand nous sommes sortis, les parents de mon client étaient soulagés car leur fils n'allait pas en prison. Ils se sont approchés des parents de la victime et ils se sont parlé, compris. Ils sont tombés dans les bras les uns des autres. La scène était bouleversante par son humanité. Ces deux familles que tout opposait avaient partagé souffrances, angoisses et délivrance.

La partie civile

La délivrance par la révélation du secret existe. Il suffit de penser à la fameuse formule dans les procès-verbaux du type qui commence à nier puis à avouer pour « soulager sa conscience ». Les gens peuvent avoir besoin de « dire les choses » pour se « soulager » d'un poids. La propension, parmi les gens que l'on défend, à révéler un secret, à sortir d'un secret, est grande. Je l'ai vécu dans le cas topique de l'affaire Maurice Agnelet, où j'étais donc partie civile pour la famille Le Roux. Pascale Robert-Diard a retranscrit l'affaire dans *La déposition.* Dans la déposition de Guillaume Agnelet, dont le père était accusé d'avoir tué sa maîtresse Agnès Le Roux, deux choses m'ont marqué sur le plan humain. Guillaume Agnelet a confié qu'il subsistait un poids terrible dans sa famille, celui de la préservation du secret, et qu'il s'agissait pour lui d'en sortir et que, par ailleurs, il ne souhaitait pas que ses enfants vivent avec un tel secret. Il voulait s'en libérer, les libérer. À un moment du procès, les deux frères, l'aîné Guillaume et le cadet Thomas, ont été confrontés l'un à l'autre. Guillaume a accusé son père du meurtre de son amante, après l'avoir défendu durant trente ans. Il a raconté les différentes circonstances du revirement. Les deux frères étaient notamment allés accueillir à l'aéroport de Genève leur père de retour du Panama. Ils prennent un café ensemble. Ils ont alors parlé de l'affaire et du temps de décomposition d'un cadavre dans la nature. Le cadet se rend aux toilettes. Guillaume dit à son père : « Est-ce que tu te rends compte que tu es en train d'avouer ? Peut-être que Thomas n'est pas aussi conscient des choses que moi. » Maurice Agnelet lui répond : « Thomas est intelligent, il a déjà compris. » Le président interroge Thomas sur cette conversation contenant de manière implicite les aveux du père. Le temps est suspendu, le silence s'installe, aucun effet. Le cadet répond : « Je n'ai aucun souvenir. » Guillaume Agnelet avoue alors, comme à lui-même : « Si vous saviez, Monsieur le Président, comme j'aimerais ne pas me souvenir. » Un moment inouï, comme j'en ai peu vécu. Le secret était tellement lourd qu'il aurait été miraculeux pour celui qui le détenait de ne plus s'en souvenir. J'ai alors ressenti de manière paroxystique le coût du secret et le goût de sa délivrance. Dans le premier procès perdu, Georges Kiejman s'était livré à un duel personnel avec Maurice Agnelet. L'accusé était un homme cultivé, réputé intelligent, avec beaucoup de succès auprès des hommes et des femmes. Je pense que Georges Kiejman ne pouvait pas gagner le bras de fer avec Maurice Agnelet. Vous pouvez triompher d'un adversaire accessible à la culpabilité et à la rationalité. Maurice Agnelet n'a jamais laissé paraître aucun sentiment de culpabilité ni fait montre d'aucune morale. Il était plus séduisant qu'intelligent. Il a été jusqu'au bout incapable de comprendre qu'il était échec et mat. Maurice Agnelet a l'optimisme des cyniques. Il a laissé des indices partout car il n'imaginait pas un seul instant qu'on irait les rechercher, et encore moins à son cabinet d'avocat. À cette époque, les perquisitions dans les cabinets d'avocat étaient rarissimes, surtout à Nice en étant franc-maçon. Pour lui, la vérité n'existe pas.

Après les deuxième et troisième procès de Maurice Agnelet, j'ai été sollicité dans plusieurs cas pour être une partie civile qui ferait condamner. Je n'y suis pas allé. J'ai vécu l'affaire Agnelet comme une des rares exceptions dans mon parcours. Ne pas avoir été davantage partie civile est un peu un regret. Je ne l'ai pas été plus souvent car j'ai toujours considéré que la position la plus difficile dans un procès était celle du prévenu et de l'accusé. Le cabinet, lui, l'est régulièrement, notamment dans les affaires de violence sexuelle. Quand on est avocat des victimes, on peut avoir à battre des montagnes mais on a le vent dans le dos. Il vous pousse. Quand on est du côté de la défense, même si l'on a raison, même si l'on défend quelqu'un qui est accusé à tort, on a toujours un vent de face. Il peut être plus ou moins fort, mais on se prend le vent de face. Il vous freine. La justice n'est qu'un phénomène d'identification. C'est la raison pour laquelle j'aime être du côté de la défense car tout le monde s'identifie à la victime. La bonne conscience est toujours du côté du juge, même quand les avocats ont raison. Il est plus intéressant pour moi professionnellement d'être dans la peau de celui auquel personne ne s'identifie. J'ai appris le métier de cette manière-là, avec de rares incursions sur le banc de la partie civile.

J'ai défendu notamment une femme victime de viol. Si l'accusé avait été acquitté, je ne m'en serais pas remis. Sur un plan professionnel, il est aisé d'être partie civile. Sur un plan humain, je ne pense pas avoir la carapace assez solide pour l'être régulièrement. Un jour, il y a une quinzaine d'années, une jeune femme vient me voir. Elle avait porté plainte car elle avait été violée par son beau-frère. Elle me demande d'être partie civile. J'accepte en lui précisant que je ne la défendrai pas personnellement, mais qu'une collaboratrice de mon cabinet s'en chargera. Je les présente l'une à l'autre. Elles s'entendent parfaitement. Au bout de deux ans, le procès arrive. Une semaine avant le procès, elle demande à me voir d'urgence. La jeune femme se retrouve paniquée devant moi. Elle me dit: «J'aime beaucoup l'avocate qui s'occupe de moi, mais je veux que vous me défendiez. J'ai peur à l'idée d'affronter ce procès. Si vous ne me défendez pas, je ne me rendrai pas au procès.» Je finis par accepter. Je me retrouvais pour la première fois partie civile aux assises en vingt ans d'exercice professionnel. Je me surprends à être très dur avec l'accusé. L'avocat général requiert une peine de prison avec sursis. On délibère. La jeune femme s'était montrée incroyable de courage tout du long. Je reste à ses côtés durant les délibérations. Elle m'avoue: «S'il est acquitté, je me suicide. Je n'y survivrai pas.» Je sentais profondément que c'était vrai. Le beau-frère a été condamné à une peine de prison ferme. Je peux faire face à la douleur des gens qui sont accusés, même à tort, mais j'arrive difficilement à faire face à la douleur intime. La relation personnelle me fragilise.

L'idée que l'auteur du délit et la victime se rencontrent est parfois une fausse bonne idée. La vérité des uns n'est pas la vérité des autres. On a le droit quand on est victime de ne pas se vivre comme telle. Je connais nombre d'entre elles qui sont heureuses de ne pas avoir porté plainte. Sortir du statut de victime peut être aussi salvateur que d'être reconnu comme une victime. Beaucoup, voire la plupart des victimes que j'aie rencontrées, avaient surtout pour envie et pour but de ne plus se considérer elles-mêmes comme victimes. La nature humaine est complexe. La place de la victime n'a jamais été aussi importante dans les débats qu'aujourd'hui. On a parfois le sentiment que cela serait à la victime de dicter l'orientation et la conclusion des débats. Mais la justice n'a pas pour fonction de consoler et de réparer les douleurs. Elle est là pour établir la vérité des faits, les responsabilités pénales et, si la preuve de la culpabilité est établie, les sanctions. La société américaine a une justice dans laquelle la réparation sociale et civile de la victime est sans doute l'une des plus grandes au monde. La victime est pourtant absente du procès pénal. Elle est entendue, mais elle n'est pas partie civile. En France, je pense que la victime pourrait ne pas être présente au procès pénal car elle n'a pas à requérir de peine et le rôle du procès pénal est de rationaliser, d'éteindre les passions, d'éviter la vengeance sociale. Dès le début du procès, la victime est dans l'esprit de tout le monde. On fait jouer à la justice un rôle qu'elle n'a pas à tenir parce que les victimes sont mal accompagnées avant et en dehors du processus judiciaire. Le rôle du tribunal est d'appliquer la loi et la loi peut être dure pour les victimes. Dans les affaires d'agressions sexuelles, le bénéfice du doute peut conduire une vraie victime à ne pas voir celui qu'elle considère comme l'auteur des faits condamné par les tribunaux.

J'ai vu les conséquences douloureuses pour les

victimes de la justice dans le cas du procès de la catastrophe du mont Sainte-Odile. Le président de l'association des victimes du mont Sainte-Odile vient me voir en 2005. L'association regroupe les familles des 87 victimes et des 9 survivants du crash d'un A320 de la compagnie Air Inter en 1992. Dominique Perben, garde des Sceaux entre 2001 et 2005, leur avait promis un procès. Le procès a eu lieu quatorze ans après les faits. Une relaxe générale est prononcée. Les responsabilités d'Airbus et d'Air Inter sont néanmoins reconnues. On a fait appel et en appel cela a été pire. Les responsabilités civiles ont été écartées. Il y avait eu tellement d'expertises ordonnées que la vérité n'arrivait pas à émerger de façon certaine. On n'aurait jamais dû laisser l'instruction s'enliser. On aurait dû avoir le courage de dire aux victimes : on n'arrive pas à déterminer les causes qui permettront d'aboutir à une condamnation, mais on va largement vous indemniser. À une époque où je plaidais beaucoup aux assises, vers trente-cinq ans, j'étais trop dans la peau des parties civiles. Les choses m'atteignaient de manière profonde. Je considère que la justice doit être obligatoire. Il ne faut pas l'actionner, il faut la subir. Pour porter plainte, il faut ne pas avoir le choix. Il n'y a souvent que des coups à prendre. Quand on sort d'un procès gagnant, on en sort également cabossé.

Si le rôle de l'avocat est de moins en moins compris, sa fonction est de plus en plus requise. En Amérique, les avocats sont détestés et omnipotents. Je vois un avenir semblable en France aux avocats pénalistes. Il y a un défaut d'instances de médiation et de régulation dans beaucoup de domaines. Les victimes prennent de plus en plus d'importance, les médias sont de plus en plus caricaturaux, les réseaux sociaux sont de plus en plus violents. Il y a un tribunal de l'opinion, manichéen, rapide à réagir, et il y a une justice lente à se mettre en place. Entre les deux, il n'y a rien. La justice n'est pas le règne du manichéisme. La justice, c'est l'application de la loi. Le procès, c'est le procès de celui qui est jugé. Les parties civiles ont tendance à se transformer en procureur et ce n'est pas leur rôle. Ce détournement du rôle de la partie civile, dans le cadre de procès qui doivent obéir à un maximum de rationalité, est une déviation, quelle que soit la nécessaire prise en compte de la douleur des victimes.

L'époque actuelle

Je consulte Twitter essentiellement pour les retransmissions en direct de certains procès. Ce qu'on voit sur les réseaux sociaux est effrayant. Ils n'ont pas changé notre métier, mais ils ont changé la vie des gens que l'on défend. Nos clients peuvent se retrouver lynchés en place publique avec l'impression que quarante-cinq abrutis non identifiés représentent soixante-six millions de Français. Les propos tenus sont d'une rare violence. Je conseille à mes clients, s'ils en ont la capacité, de ne pas s'y rendre. Qu'est-ce que cela a modifié pour nous ? La crainte des réseaux sociaux entraîne l'autocensure, qui est une atteinte à la liberté d'expression. Faire entendre une opinion qui n'est pas l'opinion majoritaire demande aujourd'hui du courage. Pour les avocats, les retransmissions sont parfois remarquables sur les procès en cours. Mais pendant les procès, les avocats suivent les retransmissions en direct et sont capables de modifier leurs prestations en fonction de la réaction du public. Je suis bien sûr opposé à l'interdiction des téléphones dans les procès, mais je pense que l'on doit, autant qu'on le peut, s'en extraire durant les audiences. Moi-même, je n'y arrive pas toujours. Je suis un mauvais exemple car je suis addict à tout. Nos téléphones sont devenus nos instruments de travail, donc même durant l'audience on peut devoir y avoir recours. Par exemple, j'y ai fait appel pour retrouver en quelques secondes ce que représente en euros constants un franc de 1970.

Le succès d'Instagram prouve combien les gens ne sont plus attachés au secret de leur propre vie. Les moyens de communication démontrent qu'une majorité de gens a peu de goût pour le secret et tient à rendre publique la moindre parcelle de son intimité. Le recul du secret de l'instruction s'inscrit dans la mauvaise compréhension de ce que doit être la société de la transparence. Tout le monde ne doit pas savoir tout sur tout le monde. Il ne faut pas tout confondre. Les informations qui font partie de l'intérêt général ne doivent pas être dissimulées au public. Nous devons bien sûr être informés de manière totale et transparente sur le processus de la prise de décision politique, financière de ceux qui nous gouvernent. Ils doivent rendre compte de leur intégrité, mais non de leur vie privée. Le droit de savoir n'a de sens que s'il y a interdiction de tout savoir. Il n'existe pas de liberté sans limite.

Les réseaux sociaux ne sont pas la cause de la disparition du secret. On a affaire à une lame de fond. Il s'agit de la disparition générale du secret, de la vie privée, de l'intimité. Les gens ne font plus la différence entre la sphère privée et la sphère publique. Benjamin Griveaux a été obligé de retirer sa candidature lors des élections municipales de 2020 à la suite de la divulgation de vidéos à caractère sexuel. Cela décuple tout ce que j'ai dit précédemment. J'ai un poste d'observation particulier sur cette affaire puisque Julia Minkowski, l'épouse de Benjamin Griveaux, est une associée du cabinet. Je l'ai connue comme stagiaire puis elle a fait un stage chez Jean-Michel Darrois. Il a voulu l'engager. Elle est revenue vers moi, souhaitant faire du pénal. Nous étions en 2006 et c'était un choix audacieux. Julia Minkowski est discrète, fière, rapide, chanceuse. Elle est d'une grande clarté intellectuelle. Nous n'avons presque jamais pris de café ensemble et nous nous vouvoyons. J'ai beaucoup d'affection pour elle. J'ai vingt-deux ans de plus qu'elle et j'ai un sentiment de protection à son égard. Même si Julia Minkowski en sortira renforcée, on ne se rend pas compte des ravages sur l'entourage de ce genre d'affaire. La vraie victime n'est pas Benjamin Griveaux, mais ses enfants et elle. Dans ces cas-là, on est submergé par toutes les immondices écrites sur vous et on tente de s'accrocher à ce qui est un peu digne. L'affaire Benjamin Griveaux est une dernière pelletée de terre sur la politique actuelle. L'histoire de François Mitterrand et de sa fille Mazarine ne m'a, par exemple, pas scandalisé. Je trouve normal que François Mitterrand ait protégé sa fille. Je n'ai pas évolué de ce point de vue là car j'étais déjà ainsi à quinze ans. Peut-être y aura-t-il un jour un retour de balancier. On a besoin de politiques intègres, honnêtes. Un homme politique doit avoir dans ses comportements publics une dignité constante. Je suis sensible à l'incarnation de la fonction des élus. J'ai aimé Georges Pompidou et François Mitterrand. J'ai toujours considéré que faire de la politique son métier est facultatif. C'est l'une des raisons pour lesquelles je n'ai pas été tenté de m'engager dans cette voie. Si l'on veut gagner de l'argent, on fait autre chose. Si l'on veut s'affranchir des règles de l'époque, on fait autre chose. Un président de la République doit avoir une proximité avec les problèmes des Français, mais il doit aussi avoir une hauteur et une distance dans son comportement. Il doit inspirer le respect. En revanche, dans l'intimité, un homme politique fait exactement ce qu'il veut. Rien ne m'ennuie plus que les prix de vertu. François Mitterrand était un homme secret, même avec ses plus proches amis. Je suis un intégriste du secret de la vie privée. Les relations secrètes sont les plus singulières.

Les actes secrets sont les plus beaux. Rien ne m'insupporte plus que les bons sentiments affichés. Dans la vie, ce qu'il y a de plus estimable, c'est ce qu'on fait de bien et qui n'est pas su.

Selon un proverbe, l'expérience est un peigne qu'on donne aux chauves. Le temps qui passe n'est pas, pour moi, une source d'apaisement. J'ai peur de perdre, de décevoir, de ne pas être à la hauteur en termes de résultats. Après plus de quarante ans de métier, l'angoisse est toujours là. Mais il existe maintenant beaucoup de situations que j'ai déjà vécues et que j'aborde avec plus de sang-froid. Mon progrès principal est d'être un peu plus serein par rapport au déchaînement médiatique contre mes clients. Les premières fois sont tellement violentes, et l'on est tellement impuissant. Je ressens les drames des gens que je défends de manière profonde et c'est ce qui me fait vivre le métier de façon à la fois difficile et passionnante. J'ai aussi progressé au niveau relationnel et dans la capacité d'analyse distanciée des dossiers. C'est tout, et c'est donc presque rien. J'ai régressé dans deux domaines : je suis moins concentré et j'ai moins de mémoire. Ma capacité de grande concentration durant les plaidoiries s'est amoindrie. Une autre chose est que plus vous êtes connu, plus les clients attendent tout de vous. Leur espoir est parfois disproportionné et j'ai de temps en temps du mal à gérer cette pression-là. J'ai souvent affaire à des gens qui me prêtent des capacités que je n'ai manifestement pas. J'essaie, dans le rapport avec le client, d'être digne de mon métier. On ne fait pas de promesse, on ne bombe pas le torse, on ne crée pas de faux espoirs. On se l'interdit. Je ne redoute pas de plaider. J'ai le trac, mais un trac positif. Les angoisses montent peu à peu, notamment avant le commencement d'un procès délicat. Au début, l'anxiété est inhibante et crée un sentiment d'illégitimité, presque d'imposture. On y croit, on n'y croit plus. Je ne peux m'empêcher de me projeter dans les pires scénarios, ce qui a le don de provoquer une profonde angoisse et, en même temps, de me faire mieux vivre les séquences difficiles lors du procès et de susciter des instants de joie quand les surprises sont bonnes. On vit des moments décourageants et puis, enfin, des moments galvanisants.

CONCLUSION

Je ne me projette pas. Le métier d'avocat demande une bonne santé. Dès vingt ans, j'ai su que j'allais l'exercer jusqu'au bout. On m'a raconté que lorsque Georges Kiejman était au sommet de sa carrière, il répétait : « Je ne suis qu'avocat. » De mon côté, je dis : « Je suis avocat » et non « Je ne suis qu'avocat ». Je n'ai jamais eu aucune ambition du côté de la politique et des affaires. Je n'ai pas la moindre frustration d'être avocat. Est-ce que j'aurais pu mieux faire en tant qu'avocat ? Certainement. Je n'ai pas de sentiment d'autosatisfaction. Ma fierté réside dans le cabinet que j'ai construit. Malgré mon caractère individualiste, j'ai réussi, grâce à un ancien associé, François de Castro, à créer un cabinet. Je pensais avoir beaucoup de mal à travailler de manière collective, mais j'ai appris à m'intégrer en solitaire, en soliste, à une équipe. Je n'aime toujours pas les réunions interminables. Je pense qu'on devrait rémunérer les avocats non sur le temps passé, mais sur le temps gagné. Mon ambition reste aujourd'hui de recruter les meilleurs talents dans le métier.

J'aurais aimé défendre Christine Villemin dans l'affaire Grégory. Il existe beaucoup d'affaires criminelles passionnantes, mais elles nécessitent d'être à l'audience en permanence, coupé du reste du monde. L'avocat de la défense exerce le plus souvent dans des conditions difficiles. Je rêve que l'on me confie une affaire médiatique où j'ai le vent dans le dos car je n'ai jamais connu ça. Sur le plan professionnel, ce n'est pas ce qu'il y a de plus exaltant, mais cela doit être un plaisir d'avoir les médias et l'opinion publique de son côté. On doit éprouver un sentiment délicieux. Je ne suis quand même pas l'avocat du diable, mais je suis cependant l'avocat des puissants… J'imagine comme il doit être merveilleux d'entendre des phrases du type : « Ah ! Maître Temime ! C'est dégueulasse ce que l'on a fait à votre client », au lieu de : « Ah ! Maître Temime ! Comment pouvez-vous défendre un tel pourri ? » Je dois paraître décevant mais j'aimerais, dans mes vieux jours, avoir le sentiment que l'on pense que j'ai aussi été du côté des gentils.

Bernard Tapie m'appelle un jour : « Je veux simplement prendre de tes nouvelles. » J'étais touché. Le lendemain, il me rappelle pour me demander un service qui ne datait pas de la veille. Je crois que chacun a un rôle dans la vie. De manière peut-être mégalomaniaque, je me suis assigné comme mission de défendre ou de protéger les clients autour de moi. N'est-ce pas une gigantesque blague ? Je me souviens de la présence de Robert Badinter à « Apostrophes » pour la sortie d'un livre sur la prison. Il avait dit quelque chose de juste : « Quand on a été avocat, on le reste toute sa vie, c'est une passion indéfectible. » Il n'a plus exercé après avoir été ministre, mais le métier d'avocat est bien une passion indéfectible. Je sais qu'Éric Dupond-Moretti qui a vécu la consécration d'être nommé garde des Sceaux la gardera, même s'il met son métier d'avocat entre parenthèses. Pour ma part, j'ai compris tôt que je resterais avocat toute ma vie et j'en ai tiré beaucoup de satisfaction. Je ne cherche pas davantage de puissance. Il y a une absence de pouvoir chez les avocats. Il est, chez eux, un fantasme.

Au fond, quel que soit le sort que la vie me réservera, je sais seulement que je voudrai toujours continuer à protéger, à défendre. En secret.

Composition : Entrelignes (64)
Achevé d'imprimer
par CPI Firmin-Didot
à Mesnil-sur-l'Estrée, en septembre 2020
Dépôt légal : septembre 2020
Numéro d'imprimeur : 159945

ISBN : 978-2-07-289729-0/Imprimé en France

367304